MAIN

El cielo no existe

Inés Fernández Moreno

El cielo no existe

ALFAGUARA

© Inés Fernández Moreno
© Aguilar, Altea, Taurus, Alfaguara, S. A. de Ediciones, 2013
Av. Leandro N. Alem 720
(1001) Ciudad de Buenos Aires
www.alfaguara.com.ar

ISBN: 978-987-04-3039-1

Hecho el depósito que indica la ley 11.723
Impreso en la Argentina - *Printed in Argentina*
Primera edición: agosto de 2013

Diseño: Proyecto de Enric Satué
Diseño de tapa: Raquel Cané
Imagen de tapa: Getty Images

Fernández Moreno, Inés
    El cielo no existe. - 1a ed. - Buenos Aires : Aguilar, Altea,
Taurus, Alfaguara, 2013.
    256 p. ; 24 x 15 cm.

    ISBN 978-987-04-3039-1

    1. Narrativa Argentina. 2. Novela
    CDD A863

 **PRISA** EDICIONES

Sin culpa no hay historia.

JUAN VILLORO

Marioneta

Tiene fresco en los sentidos el restallido de un látigo, el polvo que levanta del suelo. Gira bruscamente en la cama y se desprende del sueño. Otro restallido: es una ventana que golpea contra su marco en una mañana ventosa. Pero había otras imágenes, ¿enanos? La atmósfera de un circo, en todo caso, la estela sórdida que dejan con su mezcla de monstruosidad y destreza. Cala se ilumina de golpe, es la marioneta lo que la ha llevado a construir esas escenas dislocadas de trapecistas, enanos y domadores.

"Estos surcos que van de las comisuras de la boca hasta la barbilla", dijo la doctora Spiller, "son los que le dan al rostro su expresión de amargura. Nosotros los llamamos marioneta". La palabra se hundió en su cerebro y se quedó perturbando el fondo pantanoso de sus obsesiones. "La barbilla se recorta sobre el maxilar", había abundado Spiller con sangre fría, "parece que se desprende del resto de la cara, como sucede con los muñecos de los ventrílocuos".

Había llegado hasta aquella médica —especialista en tratamientos estéticos y dermocirugía— arrastrada por su amiga Gloria. Ya que estaba rodeada de los problemas de la vejez, decía, ella estaba obligada a mantenerse joven, e insistía con regalarle una parte del tratamiento.

"El ácido hialurónico inyectado en microdosis a lo largo de esos surcos", dijo Spiller, "reconstituye el tejido. Los surcos se atenúan notablemente, se suaviza el gesto". La operación no sólo sería física. También moral: la obligaría a hacer un acto contrario al ahorro, al miserable sentido común del que Cala está presa en los últimos años. Un puro gesto de vanidad: porque era posible, sin cirugía, domesticar, o al menos planchar la amargura por dos mil quinientos pesos argentinos.

Cala salta de la cama. Se ducha y se viste. Se pone una capa de maquillaje claro sobre los surcos amargos y bajo las ojeras. Es tarde y Martín la está esperando.

Camina apurada hacia la parada de Triunvirato y, antes de llegar, ve pasar con feroz indiferencia un 108 y un 176. Se perdió por segundos dos colectivos: ha caído en el agujero negro, un fenómeno curioso donde el tiempo de pronto parece quedar abolido y provoca una ruptura en el ritmo urbano. ("Es una zona ciega", le había explicado Leo.) Todo movimiento de transporte se detiene. Pueden pasar entre veinte minutos a media hora y Pampa —remota a estas alturas del cinco mil y pico— olvida sus pretensiones de calle elegante y se transforma nuevamente en callecita de tierra, en mero pedazo de pampa, llanura pelada, donde sólo puede percibirse algún cartonero a lo lejos, la pick-up que pregona compra y venta de muebles viejos, algún vecino jubilado con su changuito, una paloma paseándose por el pavimento, un perro perdido o resignado: la ciudad se desdibuja y vuelve a su desolación primera.

Entra jadeando a la estación Los Incas. Sufre la decepción de dos escaleras mecánicas que no funcionan, pero alcanza a subir a un tren cuando las puertas se están cerrando. Se acomoda entre la gente y consigue apoderarse de una manija justo cuando hace su entrada al vagón uno de los miserables más conspicuos del subte: la "cabeza". Mira rápido hacia otro lado pero no puede evitar la visión de aquel trozo de ser que un hombre lleva en una silla de ruedas oxidada y que ofrece su mensaje desde el fondo abismal del asiento, sacando un bracito de talidomida que remata en una mano minúscula pero perfecta, en uno de cuyos dedos se ve relumbrar un anillo enorme de oro. Cala se concentra en el mapa del recorrido de la línea B que figura sobre una de las puertas. Sigue vigilante el progreso de las estaciones y el curioso contrapunto con el indicador electrónico que marcha en sentido inverso, como si avanzaran desde Alem hacia Los Incas y no de Los Incas hacia Alem. Supone, Cala, que en algún momento las dos trayectorias, la real y la ficticia, podrían cruzarse y hasta coincidir. Pero cuando se baja en Pueyrredón, según el indicador lo hace en Medrano.

Ostracismo

Casi con una hora de retraso, llega a la confitería de la Biblioteca Nacional donde la espera Martín, el diseñador de la página web de la revista *Ojo*. Martín debe tener treinta años, pero parece menos. Se viste siempre con camisas a cuadritos o a rayitas, lo que acentúa en él su aspecto infantil, y habla en voz baja y con un tono de zozobra, como si estuviera siempre recuperándose del temor o la perplejidad que le producen las cosas. Sin embargo, lo primero que le dice cuando Cala se sienta es que todavía no le ha llegado el cheque de la revista tal como le han prometido y que él, en esas condiciones, no puede seguir adelante. Así que de inmediato Cala le habla a Florencia de Tesorería. Sabe su número directo, lo que considera una conquista, ya que puede zafar del respondedor robótico que nunca acierta con sus verdaderas necesidades. Ah, hubo un problemita con el diseñador, le dice Florencia. Que le van a pagar en efectivo al día siguiente y que, si puede, le haga el favor de adelantarle quinientos pesos. Más de una vez Florencia de Tesorería se ha mostrado solidaria con ella, así que tiene que plegarse a ese colmo de perversión financiera y poner el dinero ella, que es apenas una free lance de la empresa.

Mientras Martín revuelve su café, agobiado por el coraje con que defendió sus honorarios, Cala cruza Las Heras hasta el supermercado Disco, donde hay un cajero Link. Para su sorpresa no hay nadie en la cola y el cajero funciona, así que mete su tarjeta en la ranura. Otra sorpresa: en su caja de ahorro, donde debía haber por lo menos cuatro mil pesos, la pantalla anuncia que sólo hay mil quinientos. Cala pide los últimos movimientos y se lleva el ticket para estudiarlo. Hay cuatro extracciones en dos días diferentes: trescientos y setecientos un día, y quinientos y mil, otro. Su madre, conjetura, habrá sacado dinero con su extensión de la tarjeta.

Cruza otra vez Las Heras especulando sobre el dinero faltante, cuando un bocinazo le taladra los oídos. Está parada en medio de las dos manos rugientes de la avenida, alelada ante la inminente catástrofe: Túpac Amaru entre las fuerzas desatadas del tránsito. Pero se recupera, todavía no puede morirse, antes le toca a su madre, hay que respetar el orden natural de las cosas. En cuanto el semáforo corta, pálida pero indemne, se lanza hacia la otra orilla como cualquier porteño avezado, sorteando motos, autos, camiones y colectivos a media marcha.

Al recibir una parte de su dinero, Martín abre con un suspiro su notebook y empieza a mostrarle los avances de la página. Hay muchísimos errores y se pasan dos horas escribiendo una lista de lo que hay que corregir. Hace más de un mes que tratan de subir la página web a la red, pero siempre vuelven a encontrar errores y entretanto la revista sugiere nuevos cambios, que implican replanteos y por lo tanto nuevos errores. Una especie de cuento de la buena pipa. Cala lo deja a Martín con una lista de veinte ítems y sale en busca de un locutorio para hablar con su madre:

—¿Vos sacaste plata del banco?

—Hace tres días que estoy confinada —dice la madre—. Además, Sabrina no vino el martes.

—¿Pero te avisó algo?

—Ni mu.

—¿Y no saliste de casa en todo este tiempo?

—¿Con quién querés que salga? Estoy condenada al ostracismo.

La madre es así, abusa del lenguaje. Nunca se siente sola, sino confinada. Nunca con un problema, sino presa de la adversidad. No en cama, sino tullida. No medio tristona, sino deshecha y lacerada. Cala lucha, cada vez, para no dejarse inocular por sus palabras. Sabe que una vez plantadas en su cerebro, se estancan allí, se van pudriendo y dan brotes malignos. Pero en esos días —en que se acerca a los noventa años— la madre sufre, sobre todo, de lo que llama el Síndrome de la Sixtina. Se refiere al fresco de Miguel Ángel. La persigue la imagen encolerizada del Creador, cobijando bajo su ala a los justos y apartando a los réprobos sin un átimo de compasión. Para Cala es fácil imaginar a qué bando el alma de su madre irá a parar. Desde entonces empieza a llamarla Sixtina, un nombre que le cae mucho mejor que el verdadero y paradójico de Remedios.

—¿Estás segura de que no sacaste? —insiste Cala.

—Mierda —contesta la madre, y cuelga.

En principio, Cala le cree. Tal vez ella misma haya hecho algún pago que ahora no recuerda. ¿O habrá caído en alguna estafa electrónica? Ya es tarde para hablar al banco, sólo le queda revisar su agenda y seguir haciendo conjeturas.

Comantalevú

Todavía tiene que hacer cosas en el centro, pero hay una huelga de subtes declarada desde el mediodía. Así que Cala decide postergarlas, volver a su casa en el 108, cortar la mala racha. Se irá a caminar por el parque de Agronomía. Ése es uno de sus espacios de descanso, lejos de Sixtina y de las miserias de la ciudad. Le gusta internarse allí, ir leyendo los nombres de sus calles, de sus senderos. Nombres que no siempre nombran lo que sale a su paso, a veces en la Calle de los Ombúes no hay ningún ombú, o en el Paseo de las Tipas no hay tipas, pero cada nombre vegetal —magnolia, mburucuyá o jazmín— refresca algo dentro de ella, y hay un horizonte sin edificios que termina en las vías de un tren y las hojas en las ramas de los álamos baten como alas y parece que cantaran. En cambio, las calles de su barrio ¿qué nombran? Ella sabe qué es una casuarina, un plátano, un paraíso. ¿Pero qué o quiénes son Ballivián, Bauness, Burela, Ceretti, Andonaegui, Bucarelli? ¿Héroes de la patria latinoamericana?, ¿ignotas batallas o parajes?, ¿extranjeros varados que, como Zama en estas tierras, habían perdido toda esperanza?

Sentada sobre un tronco en la Avenida de los Robles, consciente del soplo un poco rudo del aire otoñal, Cala abre su agenda para revisar los últimos diez días.

Le da pereza hacerlo y está detenida con la agenda abierta y una birome en ristre, mirando alrededor o, más bien, dejándose ocupar por las imágenes que se mueven alrededor.

Un joven juega con dos perros. Una parejita toma cerveza tirada en el pasto.

Un chico viene en triciclo pedaleando con parsimonia. Es menudito, con el pelo muy lacio y unos ojos un poco tristes. Cuando llega hasta donde ella está, se detiene y la mira con cierto espíritu ecuánime y exhaustivo, como si ella fuera una estatua. Y en cierta forma lo es, sentada allí inmóvil, con la birome en la mano y la agenda abierta, sin atinar todavía a empezar con su recuento.

Cala le sonríe y le dice la primera tontera que se le pasa por la cabeza.

—Qué linda tu bici.

—Me van a sacar las rueditas —contesta él con extrema seriedad.

—¡Claro! Así vas a poder andar como los grandes —dice Cala, registrando que ha usado ese tono detestable de falso entusiasmo con que los adultos les hablan a los chicos.

—Pero a mí me gusta así —dice el chico—. No quiero andar como los grandes.

Detrás viene el padre, un gordo transpirado con una remera rosa y unas zapatillas que parecen naves espaciales. Tiene razón, piensa Cala, quién querría crecer considerando semejante modelo de futuro.

—¡Vicente! —le grita—. ¿Qué hacés? (la voz suena tan desagradable como él).

—Hablo con desconocidos —dice el chico, y se va pedaleando.

Vicente se llama, qué desproporción.

Cuando el chico y el padre desaparecen por una calle lateral, Cala vuelve a su agenda y la mira con desaliento. Hojea las primeras páginas y va encontrando rastros (restos arqueológicos) de algunos trabajos extravagantes que había tomado en los últimos meses. Durante el verano estuvo paseando a una mujer deprimida y bastante sorda con la que tenía que "conversar". Conversar con quien se está alejando de la vida es una misión ardua, piensa Cala. ¿De qué se habla con un moribundo? ¿Cómo se hace para desviar del abismo esa mirada despavorida? Sin embargo, como un clown persistente —una marioneta—, ella montaba la farsa de la vida, le contaba anécdotas "entretenidas", reales o no (las sacaba de sus lecturas y de un sitio de Internet que se dedicaba a curiosidades). Cuando se cruzaba por las calles con los paseadores de perros, se echaban una mirada de reojo, se reconocían, aunque ella llevara a una sola anciana y ellos hasta una docena y media de perros —¡al menos ellos no tenían que "conversar" con sus perros!—. Por fin, a aquella mujer la internaron y ella se liberó. Tal vez entonces fraguó la marioneta: al abandonar de golpe esos gestos de alegría o de asombro estereotipados. (Antecedentes: todo un pasado de docilidad y gentileza generados por la maquinaria del miedo.) Y antes de eso, durante el invierno, había hecho encuestas de distinto tipo. Y escribió comentarios en algunos foros de discusión deportiva donde tenía que introducir con disimulo los conceptos que una agencia le entregaba periódicamente: publicidad encubierta de ropa, calzado, raquetas, pelotas de tenis, polvo pédico, etcétera. Ella decía por ejemplo: lo mejor del clásico de este domingo fue cómo corrió Zutanito, ¡una prueba de fuego para sus zapatillas! Y zas, así introducía el tema. Había que ser bastante ingenioso. Pero no era un trabajo del que se enorgulleciera. Ahora trabaja casi exclusivamente para la revista *Ojo* (*de mujer*, escrito con una tipografía más pequeña y maliciosa) y cada tanto da clases de español para extranjeros. Pero el aspecto de su agenda no ha mejorado demasiado.

Cada página es un laberinto. Anotaciones en rojo, en verde, en lápiz, en tinta. Letra grande, chica, tachaduras. Huellas de su ir y venir de hormiga por la ciudad, llamados, trámites, obligaciones, el chisporroteo incesante de algo que semeja la vida y es apenas el sostén material para arrastrar sus rutinas hasta el final. Sin embargo —o por eso mismo—, ella le está agradecida a su agenda, por las veces que, con su insensibilidad, la ha ayudado a pasar de un día al otro. Es curioso como se repite la expresión "ojo!". "Ojo dent!" "Ojo superv!" Y los signos de interrogación: "Leo?", "Cuota Salus?". Se detiene en "Ojo transv. Hidalgo!".

Eso lo recuerda bien: de las dos placas de la resonancia magnética de Sixtina, la de las vértebras transversales eran de otra paciente: una tal señora Hidalgo a quien tuvo que rastrear durante días para deshacer el equívoco.

Pero no, no encuentra ningún pago que haya olvidado, ningún movimiento en los últimos días.

Vuelve al ticket. Lo compara con su agenda. Las extracciones corresponden a un día martes y a un jueves, los dos días en que Sabrina va a lo de su madre. La primera es modesta, como quien va tentando fortuna: trescientos pesos. La segunda es más audaz: setecientos. El jueves, las cifras son mayores: quinientos y mil. La ve a Sabrina frente al cajero, vacilando entre la prudencia y la angurria. Pero qué hija de puta. ¡Sabrina!

Hace unos seis meses que Sabrina Payo va a lo de su madre.

Fue después de que Sixtina echara a la señora Mirta Julia, porque había dicho en el consultorio del cardiólogo "vengo a buscar a la abuela". No era tanto el tema de sentirse un paquete que llevan y traen, repetía furiosa, sino eso de "la abuela" lo que había marcado el violento final. ¿Quién se creía que era la tal Mirta Julia para decirle abuela? Ella no era abuela de nadie y menos que menos de esa imbécil. Así que le dijo que no volviera nunca más. Sabrina había llegado como una bendición pocos días después, recomendada por una tía que trabajaba en un geriátrico. Era muy joven y de rasgos suaves —por lo menos no es cien por ciento indígena, había dicho su madre— y tenía como una inocencia primordial. Así que llegaron a un acuerdo: Sixtina le pagaba una miseria, y Sabrina se dejaba maltratar sin resentimiento, lo que establecía un equilibrio químico excelente para el ánimo de su madre.

—*Bonyur* —le dijo un día que Cala habló por teléfono.

—¿*Bonyur*?

—Su mamá me está enseñando el francés —dijo Sabrina.

Cala oyó de lejos la risa de su madre y algunas instrucciones a su alumna.

—¿*Comantalevú*? Ahora se la paso a la *madám*.

—Viste cómo avanza —dijo su madre con voz cantarina—. Pero con la u, no hay caso. Es muy burra. Hay sonidos que ellos no pueden: la "u", la "rr".

—¿Ellos?

—Ay, Cala, no te hagás la idiota. Esa burrez es genética, sacalos del aimara, el quechua o el guaraní y se acabó.

Poco a poco la relación se había consolidado. Su madre estaba de mejor humor que nunca y Cala le agradecía a Sabrina que soportara sus ocurrencias, que las viera como extravagancias despojadas de maldad.

No podía durar.

Futuro conjetural

Cala empieza a marcar el número de Sabrina pero corta enseguida.

Tiene que pensar qué va a decirle. Al fin y al cabo no tiene certezas. Mejor ser prudente, tantearla, como se dice, darle la oportunidad de que ella misma confiese.

Vuelve a su casa caminando, imagina diálogos. Dos estudiantes de Agronomía la miran con curiosidad. Tal vez haya gesticulado, tal vez hasta haya murmurado algunas palabras.

Cuando llega a su casa, Pascualina le ladra con furia desde el jardincito delantero. ¿Acaso no la reconoce? Soy yo, tonta, le dice. Pero parece que la reja que la separa de la calle es más poderosa que su presencia. Cualquier cosa que aparezca del otro lado, para su perra, es una amenaza. Salvo Julieta, su vecina yogui (y su alumna de escritura, mal que le pese), que tiene sobre Pascua un efecto dulcificador: en cuanto la ve, agacha la cabeza y gime como disculpándose.

Cuando entra y le abre la puerta del patio, Pascua se le acerca toda amor y se tira panza arriba para que le dé las palmadas de cada día.

Cala va derecho a la cocina, calienta agua, se prepara un té y se sienta en la silla alta junto al teléfono. Mira alrededor, siempre le gustó su cocina. Es pequeña y tiene un aspecto impecable, aunque no sea mérito de ella, sino de las proporciones justas, de los azulejos blancos y de la luz que llega desde el patio que comunica con la terraza. Como si preparara una escena, hace cada movimiento con enorme conciencia y precisión. El té sobre la taza, el chorrito de leche, las dos gotitas de edulcorante. Revuelve en dos semicírculos idénticos, por último deja la taza sobre la mesa para que se enfríe y con un dedo certero pulsa cada número del celular de Sabrina.

—¿Quién es? —se le abalanza una voz de hombre, una voz que parece más bien un gruñido.

—¿Puedo hablar con Sabrina?

Se hace un silencio seguido de un sonido como de muebles que se arrastran.

Después se oyen unos cuchicheos y por fin aparece Sabrina en la línea.

Habla en voz baja, como si no quisiera despertar a alguien.

—Sabrina —dice Cala con voz helada. Como un verdugo que se calza la capucha.

—Sí, Carla, decime, enseguida te reconocí, ¿vistes?

—Cala —la corrige Cala—. Estamos ante un problema grave, muy grave, y me gustaría que me digas la verdad.

Silencio del otro lado.

—Sí, Carla, te siento.

—Faltan dos mil quinientos pesos de la caja de ahorro que tenemos con mi madre. —Cala no agrega nada más. Administrar bien los silencios es importante.

—Y… habrá sacado… habrá…

—¿Habrá sacado?

Futuro conjetural, andá a explicárselo a mis alumnos americanos, piensa Cala.

Ese futuro que no es futuro, esa cosa otra.

¿Quién habrá?: ¿habrá ella?, ¿habrá Sixtina?, ¿habrán las dos?

—Bueno, yo siempre saco con su mamá —dice ella, superando el tartamudeo inicial.

—¿Cuándo? ¿Hoy?

— Y sí, varias veces habremos sacado…

Otra vez el futuro conjetural.

—… cien o doscientos, su mamá gasta mucho en remedios.

—¿Vos sabés que hay una cámara en los cajeros que filma todo, no?

Silencio.

—Pero Carla, qué me dice, le juro por mi hijo…

Tengo que pasar a la amenaza, piensa Cala. Siente una puntada en el estómago y la voz temblorosa. Pero avanza.

—Va a ser mejor que me digas todo. Porque está la filmación, ¿sabés?, y el gerente del banco es amigo mío (no, por Dios), así que antes de molestarlo (¿¡molestarlo!?) a él, antes de ir a la Policía, mejor tratá de acordarte. Si no, te denuncio y se acabó. ¿Está claro? —remata Cala con una voz que se ha ido afirmando y que ahora mete miedo.

Sabrina irrumpe en un llanto entrecortado por un torrente de palabras confusas: que el hijo, que la mamá, que el padre de la criatura, que el alquiler, que cómo yo, que cómo ella.

Cala le pide que se calme, que piense lo que le conviene hacer y que después vuelva a hablarle.

—Yo te voy a estar esperando. Y mejor que me digas todo.

Pese a los temblores, Cala está asombrada por su solvencia. Mirá vos lo yegua que podía ser. Tal vez, piensa, no hizo más que caer en un surco preexistente. Como si en cada rasposo individuo de la rasposa clase media existiera prefigurada esta escena, estos argumentos, el instinto feroz de defensa de sus intereses. Cala habla por boca de ellos. *Marionetizada.*

Cuando Sabrina la llama, dos horas más tarde, le pide que se encuentren "para aclarar". Le jura que le va a contar todo y que le va a devolver el dinero, mes a mes. Aunque tarde un año, dice, se lo va a devolver, pero que por el amor del cielo no la denuncie.

—¿Hola, Carla? ¿Estás ahí?

—Sí, estoy —dice Cala, distraída.

Acaba de descubrir la absurda coincidencia: dos mil quinientos pesos, lo que Sabrina le robó, es el precio de la marioneta.

—Por favor, Carla, usted es mi salvación.

—Yo no soy la salvación de nadie —dice Cala—, apenas puedo con mi vida. Para salvador andá a la iglesia. ¡Y me llamo Cala, no Carla ni Cata!

—No me grite, déjeme que le explique. Por favor. No se haga la mala, yo sé que usted no es como su mamá.

Cala se queda en silencio. Como un animal desprevenido acaba de caer en una trampa, ha pisado un lazo y zas, ahora está colgando cabeza abajo, con todas las ideas confundidas y vaya a saber cuánto tarda en zafar. Así que termina aceptando un encuentro en un bar sobre Corrientes. Se llama El vagón de Titi, dice Sabrina, a metros de la vía de la estación Chacarita del ferrocarril San Martín. A las cuatro de la tarde.

Volutas

Esa mañana se despierta tarde. Ha soñado con valijas, con aeropuertos, con aviones que se van, con la angustia del que debe hacer algo imperiosamente pero no puede, quiere avanzar pero se enreda y se empantana a cada paso. ¿No era que de noche uno reponía energías? ¿Que el cerebro se las arreglaba para limpiar sus circuitos, desechar todo el material inútil o dañino? Con esos sueños de mierda, piensa Cala, su operativo limpieza es un fracaso. Abre la ventana de par en par. Para su consuelo, empieza el otoño. Adora el otoño, no tiene esa urgencia engañosa de la primavera, y el cielo es igual de azul.

Cuando baja a la cocina, ve que alguien le ha pasado un sobre por debajo de la puerta. A los empujones, consigue destrabarlo de la puerta hinchada y lo abre: hay una nota de Julieta. Te paso las primeras páginas que escribí, dice, y a las diez estoy en tu casa.

Cala se había olvidado totalmente de Julieta. La chica yogui que "peregrinaba hacia un destino de bifurcadas ramas". ¿Por qué había aceptado su propuesta? ¿De dónde había sacado Julieta que ella podía ayudarla con su novela? De la pura vecindad. Julieta vive en la esquina, con su prima Alma que es maestra jardinera: a la mañana la prima cuida bebés y a la tarde ella da clases de yoga. Suelen encontrarse en el supermercado chino en horarios parecidos. Además de yogui, es vegetariana militante. Un día en que Cala compraba un pollo congelado le espetó un discurso sobre la vida artificial de esas aves que le puso los pelos de punta. Todo aquello de la luz artificial en el criadero y de los canales de alimentación que conectan alimento y excremento en círculo vicioso, un horror que la hizo devolver el pollo a la heladera en su ataúd de telgopor y cambiar de menú. (El chino las miraba con indiferencia, por un lado había perdido la venta del pollo, pero por el otro Julieta era una de las pocas clientas que le compraban algas disecadas, fideos de arroz y hongos de Kargasok de apariencia repugnante pero de virtudes misteriosas.) Después de varias de estas charlas casuales, Julieta quedó un día en acercarle un recetario con platos de comida natural y saludable. Hablaba con especial entusiasmo de la quinoa y el amaranto. Donde nada crece, repetía como un mantra, la quinoa está de pie.

Eso sucedió unos meses atrás, durante los días largos del verano, cuando el tiempo se esparce sobre las cosas y la gente con dulzura, la ciudad adquiere aires de pueblo, los vecinos se miran y se saludan con interés, se ceden los lugares en las colas, y las charlas banales crecen como flores silvestres. Al final, una tarde Julieta le tocó el timbre con un folleto sobre la quinoa. Cuando entró, miró asombrada el living de Cala. ¡Una biblioteca!, exclamó. Como si hubiera encontrado allí una especie de dinosaurio. Y de verdad que la biblioteca de Cala es un poco prehistórica. Conserva una enciclopedia Espasa Calpe de los años cincuenta, Clásicos Castellanos encuadernados en cuero negro, viejos libros de Historia del Arte que fueron de su abuelo y muchos libros despanzurrados de poesía que debería tirar de una vez por todas.

Julieta quedó enamorada de la biblioteca, de Pascualina y de su PH con jardincito delantero. Dos días después volvió a tocarle el timbre y le hizo la propuesta. Ella, a lo sumo, le dijo Cala, era periodista, a veces daba clases de español, y, desde ya, era una buena lectora. Pero ayudarla a escribir una novela era otra cosa. No me contestes ahora, le dijo Julieta. Pensalo. Porque a ella los escritores no le iban. En sus libros vaya y pase, pero cuando hablan de lo que escriben, de lo que procuran, para ella eran incomprensibles. A veces leía dos, tres veces un mismo párrafo de sus declaraciones y no había caso, no le entraba en la cabeza. Prefería alguien como ella con quien también pudiera hablar de cocina. Cala no supo si sentirse halagada por el comentario o no, pero le prometió que lo pensaría y aceptó, como muestra, la primera página de la novela que arrancaba con el "Peregrinaba hacia un destino de bifurcadas ramas".

Decidió pasarle un precio muy alto por hora, para disuadirla. Pero Julieta aceptó, e incluso la invitó a tomar alguna de sus clases de yoga. ¿Qué decirle entonces del verbo peregrinar (Andar por tierras extrañas. Acepción dos: Ir en romería a un santuario por devoción o por voto) y de las bifurcadas ramas sin herir sus sentimientos?

Ahora, mientras toma un té, Cala empieza a leer la segunda página: es un encuentro casual en un bar entre un hombre y una mujer. Cuántos amores han crecido y después se han destruido bajo el ala de los bares. Piensa en Leo. En la cordillera que los separa. Un amor inacabado, se ilusiona.

Julieta escribe con interlineado simple y tipografía doce. Es lo primero que tiene que aclarar con ella.

Se pone los anteojos y empieza a subrayar con un lápiz:

mis ojos se chocaron ardorosamente con los suyos

cuando él entró al local comercial mi vista corrió tras su silueta

las volutas ascendían juguetonas

sus manos vagaban errabundas sobre la mesa (¿o erraban vagabundas?)

En la segunda página la protagonista se ha lanzado a seguir a un muchacho. Hay un misterio en aquel hombre que ella está decidida a revelar. Cuando Cala va por la página tres, a las diez en punto, Julieta toca el timbre.

—Hola, Cala, ¿cómo estás? Tenés cara de cansada.

Cala le explica que durmió bastante pero que a veces tiene sueños que la agotan.

—Te voy a traer una bolsita de té tibetano que es muy sedante y una hoja con instrucciones para que practiques el relax profundo antes de dormir. ¿Leíste lo que te mandé?

Julieta tiene ojos claros, el pelo rubio muy lacio atado con una cinta, y está toda vestida de blanco: babuchas y remera blanca. Se sienta frente a Cala en el suelo, con las piernas cruzadas, hace una leve inclinación de cabeza y un gesto con las manos como si fuera a recoger agua en un cuenco.

—Saludo al maestro —explica con una sonrisa.

Después abre su bolsita hindú para sacar una birome y recoge las hojas que están sobre la mesa, frente a ella.

Mira con atención los subrayados.

—¿Por qué no puedo decir *mis ojos se chocaron ardorosamente con los suyos*? A mí me suena poético.

—El encuentro de los ojos no es como un choque de trenes —dice Cala— y los adverbios son peligrosos y pesados, sobre todo ardorosamente.

—¿Y por qué subrayaste aquí donde dice *cuando él entró al local comercial mi vista corrió tras su silueta*?

—Local comercial es para los clasificados de *Clarín*, no tiene mucho que ver con los sentimientos ardorosos, y la vista es un sentido que no puede correr.

—¿Y las volutas no pueden ser juguetonas?

—Podrían. Pero juguetón es, por ejemplo, un cachorro. Algo saltarín, algo con velocidad y tal vez un poco torpe.

—Tenés razón —dice Julieta—, no lo pensé mucho, pero me gustaba decir "juguetonas". O si no, "caprichosas".

—Lo primero que habría que hacer —dice Cala— es mirar unas volutas.

Julieta cierra los ojos.

—Hay que escuchar con los ojos —dice en un susurro. Y después, más pragmática—: ¿Tenés un cigarrillo? Porque yo no fumo.

—Yo tampoco, desde hace veinte años, pero en casa debe quedar algún paquete de Leo.

Cala trae un cigarrillo, lo enciende y lo pone en un cenicero, entre Julieta y ella.

Las dos se quedan muy serias frente a la columna de humo que asciende y la observan como en una ceremonia.

—Asciende —confirma Julieta—. Asciende y se va abriendo más arriba —agrega— como la copa de un árbol.

Cala recuerda un documental sobre una estación espacial donde unos astronautas rusos hacían distintos experimentos. Mostraban las curiosidades de su vida diaria sin gravedad. El agua no se derramaba, la llama no adquiría su típica forma de lágrima invertida, el humo flotaba sin ascender, formaba extrañas figuras. ¿Volutas extrañas? Entonces, ¿había volutas normales?

—No siempre asciende. Si no hay gravedad, no asciende —dice Cala, y sopla sobre el humo que se abre en el centro y se dispersa, medio enloquecido o, para su horror, "juguetonamente". Al pasar el efecto de la perturbación que ha provocado, la columna de humo sigue su curso.

—Son obedientes las volutas —dice Julieta—. Disciplinadas, lentas —agrega.

—Eso está mucho mejor que juguetonas, ¿ves?

Julieta la mira con reconocimiento, se diría casi que está emocionada.

Barajan otras alternativas. También podrían ser perezosas, tenaces, sensuales…

—¿Y si dejo nomás volutas? —dice al fin Julieta, un poco impaciente.

—La observación de la realidad es un buen ejercicio —dice Cala—. Yo tengo que escribir una nota sobre seguridad para la revista. Como no sé por dónde empezar, decidí salir a hacer una ronda por el barrio. Mirar qué hacen los vecinos. ¿Sabés qué es lo más notorio?

—¿Las alarmas? —tantea Julieta.

—Primero las rejas, después las alarmas y los carteles. Está todo aquí, en mi cuaderno de apuntes. Hay que escribir lo que se ve.

—¿Puedo leerlo?

"Las calles del barrio están silenciosas, solitarias. Sólo se oyen ladridos intermitentes, caprichosos, de los perros —corrijo, lo caprichoso es la percepción de quien mira, ellos ladran por cosas que saben bien—, alguna vecina baldeando con energía (milagros del agua: enfermo, viejo o desesperanzado, no podrá dejar de tener un sobresalto de alegría cuando el agua repica en las baldosas), un auto que entra o sale de un garaje, un camión que pasa trepidando. Eso es todo. Es la hora más solitaria y quieta del día. Las casas sumidas en su abandono, ajenas, como meteoritos que hubieran caído en el medio del campo. Las rejas. Cómo han proliferado en los últimos años. ¿Cuántos metros de rejas se fabrican en Buenos Aires diariamente? (Hablar herrerías de obra.) Habría que escribir un libro sobre rejas. ¿Pero cuántas rejas debería describir yo? *Todas* las que pueda. Algunas expresan sin rodeos la amenaza, picos y filos (se puede "ver" la carne ensartada), a veces puntas de lanza que evocan armas antiguas, simulación de nobleza para la carnicería. En la mayoría se advierte el esfuerzo por diferenciarse de la cruda reja de una prisión: abunda la reja artística, arabescos, volutas, rosetas, guirnaldas, pequeñas esferas que se abren y se cierran como imprevistas floraciones del hierro. Engaños. Hay amenazas sinceras: vidrios en punta, alambres de púa, carteles casa vigilada, cuidado con el perro, cámaras.

"Las más humildes ponen un barrote junto al otro, separados por una distancia que habrá sido pensada con astucia, cuánto mide una mano, qué espacio necesita para maniobrar, o la distancia entre dos hombros, cálculos de parto, qué abertura mínima requiere un torso para introducirse por una ventana, semicírculos que al entrecruzarse dejan espacios ovalados, hasta acogedores se diría, *welcome*: la casa es chica y la abertura también, por aquí no pasa ni un niño.

"Hay casas-jaula impúdicas en su decisión de guardarse: desde las terrazas hasta la mirilla, ni una fisura (reja para cada ventana y ventanita, reja singular para el aire acondicionado, reja para la cámara y para el tanque de agua). Casas fuertes, cajas-fuertes, en el otro extremo del cartón y la chapa. Eso sí, canteros primorosos, breve jardín delantero con enanitos sonrientes, vasijas derramando alegrías del hogar, fuentes minúsculas custodiadas por ángeles o ninfas, ocas aleteando en un senderito de grava, cascadas, ¡en un zaguán un ciervo!, minúsculas representaciones de la magia de los bosques. Señales de su lugar en el universo. Cuanto más muros y más puertas, más dinero que guardar. Cerrar puertas tras uno, la riqueza. Tener una llave, un llavero pesado, el poder. De una casa, de un país. Sólo microbios circulan libremente, aves, aun llevando la gripe aviar."

Expoliada

La presencia de Julieta, la observación de las volutas, algo han aplacado en ella.

De manera que cuando al mediodía suena el teléfono y la atiende a Sixtina, Cala consigue mantener la calma. Le cuenta de inmediato lo del robo.

—¡Expoliada! —grita Sixtina, feliz de haberle encontrado una oportunidad a semejante adjetivo—. ¿Pero cómo sabía ella el código?

—¿Se quedaba al lado tuyo en el cajero?

Sixtina se queda pensando.

—Sí, me tenía la cartera. ¡Qué sinvergüenza, con razón todo el tiempo quería ir a la lavandería!

—Salía con tu tarjeta, sacaba plata y después la volvía a poner en tu billetera —concluye Cala.

Sixtina rompe en un llanto descontrolado.

—Bueno, calmate, mamá, tampoco es una fortuna dos mil quinientos pesos, pensemos que...

—Pensar nada, ¡reventarla!

Cala se queda callada, para que la madre se desahogue.

—¡Es una estafadora moral! ¡Y una asesina! Me está subiendo la presión...

Y corta.

Cinco minutos después vuelve a sonar el teléfono.

—¡Me faltan dos anillos! El pellizco...

—Relajate mamá, nada de pellizcos que ya tenés bastante mal la columna.

—¡El pellizco de perlas, idiota, y la aguamarina!
Corta y vuelve a llamar un minuto después.

—Faltan dólares y euros.

—Nunca supe que tenías dólares ni euros (Cala
rebobina, ve una tras otra las numerosas oportunidades
en que le dio dinero a su madre, mientras que aquellos
dólares y euros…).

—Eran para mi entierro, estaban guardados dentro
de un zapato.

—¿Cómo entierro? ¿No hablamos siempre de
cremar?

—¡A ella la vamos a cremar! A cremar viva, a esa
chorra, a esa farsante. ¡Y a su hijo, y a la madre y a toda
su mierdosa familia!

—Calmate —dice Cala.

—Encima vos, siempre en mi contra.

Paf, vuelve a colgar.

La ingeniera

Son las tres y media de la tarde cuando Cala sale de la revista. Está en Medrano y Corrientes y decide caminar aunque Corrientes, a esas alturas, sea toda fealdad. Cada cuadra confirma el ranking urbano que ella viene estableciendo.

Número uno: la pareja locutorio-maxiquiosco repetida cuadra a cuadra como condensación suprema de la necesidad porteña. (Muchos conviven ya en un local único. A veces incluyen Rapipago.)

Número dos: Bar-Pizzería-Choripán.

Número tres: Casa de Loto-Teléfonos celulares y Accesorios. Este tercer lugar es disputado por: Ropa deportiva, Colchonería, Farmacia del Dr. Ahorro, Chinos multirrubro. Las colchonerías, en particular, le despiertan sospechas. ¿Por qué tantas? Es sabido que la duración de un colchón es el resultado de una fórmula exacta según los kilos del durmiente y la densidad de la gomaespuma. Por ejemplo: 50 kilos + densidad media = 5 años. Entonces no guarda proporción con los otros rubros. ¿Cuánta violencia hace falta para reventar un colchón? Cala se detiene en una esquina. Hace un encuadre con las manos y mira hacia arriba. Hay que recortar para sobrevivir, imaginar la propia ciudad, construirla. Recupera un fragmento de cielo azulísimo. Podría estar en Tailandia, piensa, se desplaza hacia la copa de un jacarandá, generosa belleza argentina, una flor y otra flor celeste, evita el entrecruzamiento desordenado de los cables aéreos, pero cae sobre un cartel ruinoso "Relojes Beltrami. Reparaciones", y después, paneando hacia la derecha, sobre una sucesión y superposición anárquica de otros carteles de tamaños, colores y materiales diferentes, llega hasta las vallas de una obra empapeladas por candidatos a intendente que dicen amar a Buenos Aires. Abre el encuadre para que le entren sus sonrisas luminosas, sus dientes blancos y ordenados, sin ninguna cachadura a la vista, no como la vereda que aparece más abajo, un muestrario completo de accidentes: baldosas y cemento y roturas y parches y erupciones de cañerías y, al llegar a los canteros de los árboles, que revientan con sus raíces la vereda, los yuyos que pugnan por ganar terreno y se meten en todos los intersticios, las cacas variadas de los perros, puchos, latas, papelitos, desechos... ¿Y debajo? Más allá de las tapas de agua, de electricidad, de telefonía, más allá y más abajo, después de los cascotes, de la arcilla, la verdadera tierra, gusanos, vidas pasadas, la historia, el misterio.

Cala se apura en las últimas cuadras. En los postes de alumbrado y de los semáforos, ve una pegatina de minivolantes en ristra: se detiene a leer. "¡Promo en colas! ¡Sólo por hoy!", "¡Sofy $30! ¡Real!". En la imagen, unas nalgas ofrecidas en distintos planos: a veces se ve el pelo largo sobre la espalda de la chica, las piernas abiertas en v con medias blancas de encaje como un caballete para exhibir el trofeo; en otros se muestra sólo el culo, el primer plano de dos globos enormes y lustrosos, como un rostro de mejillas infladas: "¡No te vas a perder esta cola!", "gatitas vip $30", "las mejores colas de Palermo",

"Big Love cumple todas tus fantasías". Cala arranca algunos y los guarda en su cartera. Detrás de ella va una mujer flaca, de pelo escaso y un poco sucio, con un chaleco negro y una pollera que le queda grande, lleva en el brazo una bolsita floreada de hule. Se detiene junto a cada poste y va despegando con paciencia los volantes, forma un mazo ordenado, como si fueran cartas, y cada tanto los mete en su bolsa. Existe una brigada moral, como médicos sin fronteras, ya alguien se lo ha dicho, que lucha contra el comercio sexual. ¿Cuántas serán? ¿Cómo estarán organizadas? Podría ofrecer esa nota a la revista *Ojo*, es probable que les interese: "Pasión por las colas versus pasión por la moral", la titularía, o "El cuerpo invertido: el triunfo del culo". Sigue su camino. En las últimas dos cuadras aparecen "Compro oro" y "Feria americana", dos clásicos infaltables de las cercanías de una estación de tren.

A sólo unos cuatro o cinco metros de la barrera está El vagón de Titi.

Es un bar-parrilla al paso. Su entrada es tan estrecha y está tan próxima al pasaje peatonal del ferrocarril, que podría pasar inadvertida. Pero el olor y el humito que salen de su parrilla, no.

Apostado entre las vías y la entrada al bar hay un mendigo de mediana edad y de buen aspecto físico que lleva un tapado de piel hasta las rodillas, pese a que la temperatura supera los veinticinco grados. Se acerca a los coches que pasan con lentitud para atravesar las vías llenas de baches y les golpea el techo, como quien palmea a un amigo: "Te molesto por diez centavitos, papi". El conductor cierra la ventanilla y sigue de largo. "Todo bien, papi", le dice sin rencor, y mueve la mano como si lo despidiera y lo bendijera al mismo tiempo.

Cala entra en el bar, es un largo corredor con techo de chapa y un mostrador en el fondo, junto a la parrilla. Debe haber unas diez mesas metálicas dispuestas a lo largo, con sillas blancas de plástico. Dos ventiladores en el techo giran lentos y grasientos, incapaces de remover el aire cargado del lugar.

Sabrina está sentada en una de las mesas del fondo, cerca del mostrador, con un bebé en las rodillas. Está vestida con un pantalón negro adidas, una chomba amarilla, una campera de jean gastada, zapatillas rojas Converse. Un uniforme de pobreza, como otra forma de matriz urbana.

Se la ve desmejorada, pálida y con los ojos enrojecidos.

—Yo a su mamá la adoro —la ataja—. Aunque ella sea así —matiza.

—Si eso es adorarla —se defiende Cala.

Enseguida la apabulla con un discurso tremendo: a ella le vencía el alquiler, el marido que tiene un tumor de testículo la dejó, su mamá vive en el Chaco y su madrina Matilde está internada…

—Éste es el Brandon —le dice entre dos sollozos. Y levanta un poco al chico de sus rodillas, como si se lo ofreciera—. Por él lo hice, Cata, creamé. Estaba desesperada.

De la boca de Brandon baja una larga baba que cae sobre la mesa. Debe tener unos cuatro o cinco meses y parece muy vivaz. Tiene el pelo peinado con un jopito en el centro y unos ojos diáfanos, pura inocencia y asombro.

—La plata se la voy a devolver toda. Hoy le traje los primeros cien —dice Sabrina, y saca de su bolso un sobre doblado y arrugado.

Cuando lo deposita sobre la mesa, Cala le mira las manos.

Son manos infantiles, pero gastadas, las uñas muy cortas y sin pintar. En el anular tiene un anillo de casada y un anillo chato de piedra violeta. Parece una piedra buena, podría ser una amatista.

—Siempre pensé que se la iba a devolver, se lo juro, para mí fue como un préstamo.

—Dos mil quinientos pesos —dice Cala como una autómata.

Sabrina vacila: —Un poco más, acuérdese que también está la cuenta de su mamá. Y algunos dólares.

Cala se queda muda, sofocada por tanta sinceridad.

Sabrina tiene una Coca-Cola servida y con una cucharita empieza a darle sorbitos al chico.

—Pero actuaste con total sangre fría —reacciona al fin—. Tuviste que espiar el código de Sixtina, robarle la tarjeta, ir a la caja, sacar el dinero, devolver la tarjeta a su billetera. Y lo hiciste una vez, dos veces, tres… ¡Eso no es un acto de desesperación! —le dice, tratando de zafar de la mirada de Brandon y de la manito que le tiende como si quisiera agarrarle el pelo.

Sabrina sonríe entre lágrimas.

—Ustedes son re-caretas —dice—. Usted le dice Sixtina a ella y ella… ¿Sabe cómo le dice a usted?

Cala hace un gesto de impaciencia.

—"La ingeniera". Como siempre le anda arreglando todo…

Sin transición solloza y dice:

—Soy una desgraciada, una ignorante, apenas sé leer, pero no soy estúpida. Entiéndame.

Para ganar tiempo Cala mira hacia el mostrador, "¿la ingeniera?".

Entonces ve al tipo que está en la caja. Es extraño. Tiene algo artificial, como un muñeco. Tal vez el pelo rojizo, o demasiado pelo para esa cara encogida, o el bigote muy oscuro en relación con el color del pelo. Tiene varios anillos en los dedos y anteojos negros de marco cuadrado.

—¡No lo mire! —exclama Sabrina.

—¿Lo conocés?

Sabrina sacude la cabeza y parece que la recorre un escalofrío.

—No, pero se nota que es un bicho, no ve cómo tiene el cuello, no puede enderezar la cabeza —dice. Y después, volviendo a la voz lastimera—: Le juro que le voy a devolver hasta el último peso. No me denuncie. Mi madrina me mata si se entera. —Se lleva las dos manos a la cara—: No puedo más —dice—, estoy descompuesta, tengo que ir al baño.

Deposita el bebé en las rodillas de Cala y sale corriendo. El bebé tiene los pañales húmedos. Cala se queda petrificada, como si cualquier movimiento pudiera hacer estallar una bomba.

En ese momento suena su celular. Reacciona, agarra a Brandon con un brazo y atiende: ¡Leo, su voz aleonada!, piensa Cala y siente un ramalazo de felicidad.

—Leo, ¡qué bueno escucharte! ¿Dónde estás? ¿En Santiago?

Calita, le ha dicho él, y esa forma de llamarla le recuerda el mar, los veranos, el amor y empieza a mecerse sin darse cuenta. Brandon, desde sus rodillas, también se mece.

¿Cuánto tiempo te vas a quedar? Cala aprieta los dientes, como si quisiera dar marcha atrás con la pregunta. Después asiente varias veces. Él todavía no sabe porque tiene varios viajes, pero seguro que pasa por Buenos Aires. La vuelve a llamar en unos días, o le manda un mail. Y espera que ella no tenga ningún plan lejos de la ciudad.

Arepazo

Cala corta y se queda por un instante flotando. El bebé está sereno, como tocado también por la felicidad.

¿Pero cuánto dura la felicidad?

Habían hablado de eso alguna vez con Leo. A veces es violenta como un golpe que te deja aturdido, otras es subrepticia y se va deslizando como un hilo de agua entre las piedras. "Pensá en el proceso de sedimentación", le había dicho Leo, con su espíritu didáctico. O, mejor, agregó después, buscando tal vez una imagen más fácil para ella, pensá en esas bochas de vidrio con un paisaje nevado adentro. Agitás la bocha, la nieve flota y después va decantando, las partículas vuelven a depositarse en el piso. Ese piso es tu reserva de felicidad. Y cada instante feliz, al caer, remueve los anteriores, los agita por simpatía, nos recuerda que hemos tenido otros momentos felices. La idea también era aplicable al dolor. Todo dolor crece en el magma común.

Cuando vuelve de su ensoñación, Cala ve al tipo de la caja delante de ella. No sólo la cara es torcida, la mirada, detrás de los anteojos oscuros, también. El tipo trae un ticket en la mano.

—¿Me puede abonar ahora?, estamos cerrando la caja. ¿Usted paga lo de la... lo de la piba, no? —tartamudea el tipo.

—¿Lo de Sabrina? No. Quiero decir sí, claro.

Saca apurada un billete de la cartera, ¿pero dónde se metió Sabrina?

Estaría realmente muy descompuesta, piensa Cala, y se levanta con el bebé en brazos para ir a socorrerla.

—¿Dónde está el baño, por favor?

—Ahí afuera —le señala el Torcido. Y por una vez parece que la dirección de la cabeza es sólo circunstancial, para indicarle la dirección del baño.

Hay que salir por una puerta lateral a un pasillo exterior, paralelo al local. El pasillo, a su vez, muere en un terreno baldío aledaño a las vías donde están estacionados varios cartoneros. En el fondo, antes de llegar al baldío y rodeada de cajones con botellas y bolsas negras de basura, se ve una construcción precaria de ladrillo con un cartelito pintado en letras blancas que dice "baño".

Cala golpea y la puerta se abre: nadie.

A pocos metros de ella, un cartonero la mira con aire burlón. Un perro negro duerme a sus pies y otro, lleno de peladuras, está dentro del carro comiendo pedazos de pan que saca de una bolsa de nailon.

—¿Busca a la chica? —dice el hombre.

Ella asiente.

—Se subió a una moto y se fue.

Cala se queda perpleja. De algún lugar le llega, irreal, el punteo de una guitarra. La música sale de una radio que cuelga del carro. También hay una campera y un termo, cada cosa con su gancho, el carro como una casa rodante.

Cuando por fin consigue reaccionar, apenas le sale la voz.

—¿Cómo que se fue?

—Se fue o se la llevaron, doña.

Brandon empieza a llorar.

—¿Pero estamos hablando de la misma chica? ¿Sabrina? Una rubia...

—Teñida será, media melenuda, con una chombita amarilla y un par de gomas, sin ofender, un mostrador como para atender a toda la hinchada de Boca.

A Brandon la mención del pecho materno le hace redoblar el llanto.

—¿Cómo que se fue? ¿Y el nene?

—¿Es suyo el nene?

—No, mío no es. Es suyo, de ella… quiero decir de la chica.

Uno de los perros empieza a pelearse con el otro por un pedazo de pan.

—¡Arepazo! —le grita el cartonero. Y después a Cala—: Fíjese que yo ya tengo los míos, doña —dice señalando a los dos perros—. Así que a ése se lo va a tener que llevar, nomás.

Por un instante Cala está por preguntarle qué significa "arepazo". Pero se queda muda, con el bebé húmedo en brazos. No puede ser. El cartonero se lo acaba de inventar, cómo Sabrina va a desaparecer así. Pero al mismo tiempo tiene la certeza de que eso es exactamente lo que ha ocurrido: Brandon le pesa entre los brazos como la evidencia más apabullante. ¿Y ahora qué hace? Por de pronto alejarse de la mirada sardónica del cartonero, así que vuelve por el pasillo por el que vino, entra otra vez a El vagón de Titi y se sienta en la misma mesa de antes como si de esa manera pudiera dar marcha atrás en el tiempo, borrar este último e inconcebible acontecimiento: Sabrina acaba de plantarla dejándole a su bebé de seña y un sobre arrugado con cien pesos. ¿Se fugó? ¿Planeó de antemano dejarle a Brandon? ¿O la habrán raptado? ¿Qué tiene que hacer ahora? ¿Ir a la Policía? ¿Esperar? ¿Gritar?

Cala mira las mesas una a una, por si descubre alguna pista, pero el lugar se ha ido vaciando y en el mostrador sólo está el tipo torcido y un pibe joven que ordena platos y vasos sobre una estantería. El Torcido, como si hubiera percibido su mirada, levanta la suya de la caja y la observa un instante. Parece que sonríe, pero es difícil en esa cara deformada interpretar gestos o intenciones.

Brandon ha dejado de llorar y se ha adormecido.

Hace mucho que Cala no carga a un bebé durante tanto tiempo, le duelen los brazos, se siente atada, impotente. Lo más rápido, y lo más lógico, sería ir a la policía. Pero la policía le provoca un rechazo instintivo. ¿No debería ir más bien a un Juez de Menores? Necesita un abogado ya. Uno siempre necesita un abogado en la vida. Un carpintero para que te arregle la puerta. Un amor que mantenga viva alguna expectativa.

Antes de tomar una decisión precipitada, Cala decide volver a su casa y llamarla a Gloria que es casi abogada: trabaja en Tribunales desde hace más de veinte años, está en contacto con jueces, leyes y procedimientos y, además, es una persona llena de sentido común. Así que se impone mantener la calma: sale a la calle y para un taxi como puede, un poco con el codo y, sobre todo, con su cara de desesperación.

Cuando está subiendo al auto, el pibe que lava las copas sale corriendo del local.

—Se olvida el carrito —le dice, y mete en el asiento de adelante el cochecito plegado de Brandon que Cala no había advertido hasta entonces.

Bifurcada rama

Pascua la recibe llena de curiosidad por lo que trae en brazos.

Es un bebé, Pascualina, no hace falta olfatear tanto, dice Cala, mientras maniobra con la puerta medio atascada y el carrito. Un bebé, dice en voz más alta y didáctica, como para hacer entrar en razón el desvariado camino que parecen haber tomado las cosas. *¿Una bifurcada rama del destino* por la que ahora le tocaría a ella *peregrinar?* El recuerdo de Julieta la congela: Julieta y su prima Alma, la que tiene la guardería a metros de su casa. Y no es que ella crea en el destino ni mucho menos, más bien se enorgullece de todo lo que NO cree, de no ceder a la fe, de no prestar oídos siquiera a sus estribaciones menores, la astrología, las cábalas y las supersticiones, las promesas inocuas de la homeopatía y tantos otros cachivaches con que la gente se consuela. Pero aquellas dos piezas que de pronto parecen encajar se le clavan en el medio de algún lugar, alma, pecho o conciencia. Tiene ganas de llorar o de gritar, o de las dos cosas juntas. Pero sobre todo quiere deshacerse rápido de su carga. Tira el carrito y la cartera al suelo, sube bufando por la escalera hasta su cuarto y deposita al chico sobre la cama con una mezcla de precaución y brusquedad. Brandon apenas se remueve en su sueño. Cala estira los brazos doloridos, se abraza a sí misma y lo mira. Está indignada. Ella, que ya había renunciado hacía muchos años a la maternidad, que había trabajado duro para desterrar la amargura y cada vez que alguien le contaba alguna desdicha se tapaba los oídos, no quería saber lo que le pasó a tal o a cual, confirmar ninguna teoría —*tener hijos es entregar rehenes a la fortuna*—, que no la salpicara ni una gota de ningún sentimiento maligno... ¿Y ahora, precisamente ahora, le ponían a este bebé en el camino?

Brandon empieza a patalear y a llorar. Ahí tiene la respuesta. Porque ella, mal que le pese, es una esclava del hacer, de las pequeñas proezas cotidianas, así que levanta al chico, pone una toalla debajo de él y le saca la ropa. Reprime una arcada. Lo que le ofrece el pañal es una abundante plasta de color oro. Cala retrocede, después, con dos dedos retira el pañal y corre a tirarlo a la basura. Por último lo lleva a Brandon a upa, bien alejado de su cuerpo, y le sumerge el culito bajo el chorro de agua tibia del lavatorio. Su propia imagen en el espejo —inclinada sobre aquel cuerpo tierno— la deja pasmada. Le echa talco, busca varios *SiempreLibre con alas* que le quedan de otros tiempos. Improvisa un chiripá con un pedazo de toalla vieja y se los ajusta al cuerpo. Cuando termina su obra se queda unos instantes admirada: ella es como Robinson —piensa—, una Robinson de la maternidad.

Una vez seco, Brandon se queda sobre su cama emitiendo unos largos gggahhhhhggg. Cala baja a la cocina, se sube a un banco y rebusca en el estante más alto de la alacena donde sabe que una vez Paula, la hermana de Leo, se había dejado olvidada una mamadera. Todavía está allí. Porque Cala guarda todo. La mayoría de las veces es un acto inútil, patético, que, sin embargo, la emociona. Lo que otros ven como manía o, peor, como miseria o avaricia, Cala lo ve más bien como una obstinación femenina y ancestral por preservar el sentido de las cosas. Lava la mamadera, entibia leche y se la da a Brandon, que se la toma sin respirar en menos de un minuto. Después lo levanta y lo pone contra su pecho hasta que resuena un larguísimo eructo.

—Gloria.

—Qué voz rara, Cala, ¿qué pasa?, ¿fuiste a la Spiller?

—Sí, fui, pero no…

—No esperes más, el momento es ahora, ¡ya! —la interrumpe Gloria—. ¡Me ponés nerviosa!

"Nerviosa" para Gloria significa "enojada", Cala lo sabe bien.

—Pero Gloria, tengo un bebé en casa —dice bajando la voz.

—Epa, ¿tanto rejuveneciste?

—No es un chiste…

Gloria se queda asombrada de su historia. También ella piensa que lo lógico es ir a la Policía; sin embargo, le pide que espere un poco. Va a consultar a una amiga que es asistente social.

—No le cuentes a Pedro —pide Cala.

Pedro es el marido de Gloria y es un hombre muy formal, pese a que Gloria lo viene ablandando desde hace más de diez años con su energía, con sus porros, con su independencia.

Mientras espera la respuesta de Gloria, Cala se cambia la ropa húmeda, se da una ducha y llama a la farmacia para pedir pañales y leche en polvo para bebé.

—Lo mejor es que lo tengas unos días —le asegura Gloria cuando la llama, una hora más tarde.

—¿Quedarme con Brandon? ¡Pero estás loca!

—Por un tiempo —le dice Gloria—. Es muy probable, según la asistente, que la madre reaparezca o dé noticias. En el ochenta por ciento de los casos es así. En cambio, todo trámite a través de la Policía o de un Juez de Menores es tortuoso y triste. El pobre chico puede iniciar un itinerario kafkiano, ir a parar, en el mejor de los casos, a un hogar de acogida. Después, si la madre reaparece, hay nuevos trámites, nuevas demoras y sufrimientos.

En suma, si ella tiene unos días de paciencia...

Cala corta desconcertada.

Ganesha

A la mañana siguiente se despierta con la cara fría y húmeda, como si hubiera pasado la noche a la intemperie. Se tapa con la frazada hasta arriba de la cabeza y se destapa de golpe: acaba de escuchar un canturreo que la llena de espanto. En el cuartito de al lado, donde tiene la computadora y sus papeles de trabajo, ahora tiene también a Brandon. La noche anterior ha dado vuelta el futón contra la pared y, con algunos almohadones aquí y allá, le ha improvisado una cuna. ¿Cuánto hace que no dormía con otra persona en la casa? Casi dos años, desde que Leo se fue a Chile. Cala se acerca casi sin respirar al cuarto vecino. Brandon está canturreando solo, se agarra los pies y se balancea feliz de descubrir semejante maniobra. Cuando la ve inclinarse sobre él le dedica una sonrisa que a Cala la derrite. Dios mío, en qué lío se está metiendo. Tiene que encontrar rápido una solución.

Se prepara el desayuno y a él la mamadera. Le cambia los pañales (aprende rápido cómo hacerlo, mira con asombro cómo lo hace girar a un lado y el otro, cómo calza, ajusta y arma el paquete del pañal como una profesional). ¿Y ahora qué hace? ¿Cómo sigue su día? Tiene que terminar el artículo sobre la seguridad en los barrios, ir a la oficina en algún momento para recuperar el dinero de Martín y negociar el aumento de las colaboraciones que le vienen prometiendo desde hace seis meses, y pasar por lo de Sixtina a llevarle una caja de *Insomnium* que ya compró. ¿Pero cómo va a moverse de casa ahora que lo tiene a Brandon?

Pascualina empieza a ladrar junto a la puerta de entrada.

Cala corre escaleras abajo y ve por la mirilla a Julieta que está parada en el umbral escribiendo algo en un cuaderno.

Abre a los empujones la puerta atascada y se encuentra con la mirada plácida de su vecina.

—Hola, Cala, qué suerte que abriste, porque tengo el té Chang conmigo. Te estaba por dejar una nota, para no molestarte.

Cala se queda en la puerta, indecisa.

—Qué cara más rara tenés —dice Julieta.

Brandon, asustado por los ladridos de Pascua, empieza a llorar.

—¿Hay un bebé en tu casa?

Cala le contesta con gestos confusos y la hace pasar al living.

Sube corriendo las escaleras y baja con Brandon.

Cuando Julieta lo ve, estalla en un sinfín de ruiditos, de sonrisas y de fiestas.

—¿Pero quién es esta maravilla? ¡Qué ojos! ¡Qué luz que tiene! ¡Parece un pequeño Buda! ¿Quién es?

—Es Brandon —dice Cala—, tengo que tenerlo unos días, por un tema familiar tan complicado que ni puedo empezar a explicarte. No sabés cómo me cae, con todo lo que tengo que hacer.

—¡Pero yo te lo cuido! —salta Julieta—. Está la guardería de Alma y yo estoy todas las mañanas cosiendo.

Como prueba de sus palabras, le señala el bolso que lleva en bandolera: es el del elefante bordado. (Entre sus muchas virtudes, Julieta también es artesana.

A la tarde da clases de yoga, pero a la mañana, mientras su prima atiende la guardería, fabrica carteras y bolsos con telas que alguien le trae de la India. Telas preciosas, bordadas con arabescos y figuras extrañas como aquella divinidad medio andrógina, con cabeza de elefante, de la que Julieta le había hablado una tarde. Es *Ganesha*, le había explicado: un desdichado príncipe que fue decapitado por su padre Shiva en un acceso de ira divina. Después, arrepentido, el dios pidió que le trajeran la primera cabeza que encontraran para restituírsela a su hijo: resultó ser la de un elefante.)

Cala se queda pensando en la propuesta de Julieta, vacila, y al final se sienta en un sillón con el chico en brazos.

—¿Pero vas a poder trabajar con Brandon?

—Cala, ¿vos sabés la energía que hay en un bebé?

Y casi le ruega que se lo deje esa mañana y lo vaya a buscar a la tarde, cuando ella arranca con las clases.

—Me lo llevo ahora —dice—, pero antes de irme pasame alguno de los ejercicios de escritura que me prometiste.

—Bueno —dice Cala—, ahí va el primero: es otro ejercicio de descripción.

—Me encanta la descripción, amo la naturaleza —dice Julieta—: una caída de sol, un campo recién arado, la orilla del mar...

—Esto no sería la descripción de un paisaje. Quiero que describas a un hombre que abre una lata de atún.

Julieta la mira azorada con sus ojos dorados.

—Sólo tiene para comer esa lata de atún, el hombre, supongamos que se olvidó de hacer las compras. Tiene esa lata y un abrelatas viejo, un poco oxidado. O sea que no le va a resultar fácil. Quiero que describas con todo detalle esa maniobra. Tené en cuenta que es atún en aceite, y no al natural. Que el abrelatas se traba y tal vez tenga que recurrir a un cuchillo o a un destornillador.

—Pero eso es una asquerosidad —dice Julieta—. ¿Qué tiene que ver eso con la literatura?

—Es un ejercicio de realidad —dice Cala (una bajada de la nube de pedos, piensa, a la realidad), pero de todas maneras la invade una sensación de ridículo, de inutilidad. ¿Por qué no la disuade a Julieta de su proyecto de novela?

—Bueno, vos sabrás, yo confío en vos —dice Julieta—. Así que lo voy a hacer. Y no te preocupes por Brandon, porque yo escribo a la noche, después de mi ejercicio de meditación de las once. Una hora antes de irme a dormir.

Cuando se van, Cala se queda medio alelada junto a la puerta. Tener a Brandon, piensa, es algo tan desquiciado como llevar la cabeza de elefante del príncipe Ganesha. Pero la realidad te impone lo inadmisible, el absurdo y, con la misma irracionalidad, se encarga de volverlo natural. Ahí estaba su amiga yogui que le había dejado un té sanador y que se había llevado a Brandon con sus pañales y su mamadera como si fuera lo más normal del mundo.

Cala piensa ahora en la lata de atún, en esos atunes gigantescos que había visto en el sur de España. Magníficos, robustos y llenos de vida, muertos a palazos en una carnicería inimaginable y reducidos al fin a los cien gramos de una lata. Una crueldad casi peor que la sufrida por *Ganesha*.

El llamado de Sixtina interrumpe estas imágenes, para llevarla a otro terreno no menos escabroso.

La rabia no la deja dormir, dice Sixtina. Le zumban los oídos, siente puntadas y descargas eléctricas por todo el cuerpo. Necesita pergeñar las más terribles venganzas si no quiere morirse de un infarto.

Cala le promete llevarle el *Insomnium* y los cien pesos que Sabrina le ha devuelto. Pero no le dice ni una palabra de Brandon.

Big Love

Las oficinas de la revista están sobre la calle Medrano, arriba de un Arredo outlet donde Cala nunca puede dejar de entrar. Pasear por esos pasillos, oler la ropa blanca, tocar las toallas, los edredones, ver las sábanas apiladas por tamaños y por color la tranquiliza. Parece posible tener una casa amable, mullida, feliz, alcanzar ese ideal que su estado de precariedad permanente no le permite consumar. Sólo hay que evitar la diligencia de los vendedores, el temible "en qué te puedo ayudar" con que te asaltan apenas uno muestra la hilacha. Ahora, envuelta en esta oscura historia con Sabrina y Brandon, con Sixtina a cuestas y Leo detrás de la Cordillera, los edredones, las toallas esponjosas y los almohadones multicolores se alejan cada vez más de su vida. La palabra mula le llega naturalmente al cerebro. Se distrae mirando algunas sábanas y unas frazaditas de bebé con osos estampados. Pero se va, como siempre, sin comprar nada.

Sube al tercer piso donde está la Tesorería de la revista y recoge su dinero. Después le lleva la nota de las rejas a Silvina, la jefa de Redacción. Silvina la lee en silencio. "Demasiada reja", dice al terminar. No es la primera vez que le hace este tipo de observación. Cala reconoce que tiene una cierta manía enumerativa. Pero me gusta, dice Silvina para consolarla. Habría que agregarle asaltos y robos, la frecuencia —seguro que hay uno por cuadra—, las impresiones de los vecinos, qué piensan de la seguridad de esas rejas que tan bien describís, de esos carteles, y por qué se negaron a tener una garita, en fin, más hechos puros y duros.

Cala vuelve caminando unas cuadras por Corrientes.

Silvina le pide algo más de realidad, como ella a Julieta, menos reja soñadora y más miedo, más violencia.

Se va acercando a Juan B. Justo. Se detiene en el semáforo. Un hombre con muletas al que le falta la pierna derecha se acerca a los autos e intenta venderles algo a través de la ventanilla. La escena no tiene nada de inusual hasta que Cala ve, al otro lado de la avenida, a otro hombre con muletas, pero al que le falta la pierna izquierda, pidiendo a los autos que están detenidos de ese lado de la avenida. No es una ilusión visual. Como en un espejo, los dos tullidos repiten los mismos movimientos, uno frente al otro, hasta que el semáforo da luz verde y ambos corren a parapetarse en sus respectivas veredas. Si lo cuenta no se lo van a creer.

Decide seguir caminando hasta El vagón de Titi atraída por la idea recurrente (el criminal que vuelve a la escena del crimen) de que podría encontrar alguna pista de Sabrina, deshacer el increíble embrollo en el que está metida.

En cuanto entra ve que en el fondo, sentada en un banco alto junto al mostrador, está la misma vieja que ha visto despegando afiches. ¿Qué hará allí?

Cala deja atrás las mesas y va hacia el mostrador.

Hay un taburete libre junto a la vieja y se sienta a su lado. La primera sorpresa, al estar tan cerca, es su olor. A pesar de su aspecto descuidado y desteñido, de la mujer se desprende un aroma fresco a violetas que a

Cala le recuerda una colonia que usaba en una época su tía Lala. También hay olor a alcohol. La mira por el rabillo del ojo. Tal vez no sea tan vieja como parece a primera vista. Tal vez no llegue a los setenta años. Pero toda su actitud es de derrota: está encorvada, con la mirada hundida en el mostrador y tiene entre las manos un vaso con un líquido denso y oscuro.

—¿Y, doña Alicia? —le pregunta un gordo que la flanquea del otro lado.

Sin moverse, la vieja le contesta con una voz sibilante de asmática:

—En la desgracia, como siempre.

El Torcido, que acomoda chorizos con un tenedor largo sobre la parrilla, gira hacia Cala y, con un gesto desganado, le pregunta qué quiere.

—Una Coca light, por favor.

El hombre se demora todavía en la parrilla y después va hacia la heladera.

—Mejor acompañe eso con algo —le está diciendo el gordo a la vieja. Chasquea los dedos dirigiéndose al pibe que seca vasos detrás de la barra, un pibe con una notable nuez de Adán que le da aspecto de pájaro.

—Che, Cuatro, ponele unos palitos a la señora.

Cala vuelve a mirar el vaso del que toma la vieja. Podría ser fernet. Aunque si ella pertenece a alguna brigada de moralidad no parece probable que tome alcohol y menos fernet, una bebida de desesperados. Sin embargo, la ve tomar varios tragos con ansiedad y después rebuscar en su bolsita floreada. Primero saca un pañuelo arrugado que vuelve a meter adentro, después lo que parece un recorte de diario doblado. Cala imagina su propia mano metiéndose a ciegas en el interior de esa bolsa pringosa y le da un escalofrío. Por fin saca un papel doblado que abre con parsimonia. Es un cheque. En ese momento el Torcido deja una Coca y un vaso junto a Cala, lo que le impide ver mucho más. La mujer sostiene el cheque por unos instantes frente a sus ojos, y después empieza a romperlo. Primero por la mitad, después en cuatro y, por último, cada cuarto en fragmentos que va dejando caer junto al vaso.

El gordo que está a su lado, el de los palitos, sacude consternado la cabeza.

Después de esta ceremonia, la vieja toma de un trago lo que le queda en el vaso, se baja del banco y se va caminando hacia la salida.

La mirada de Cala se cruza con la del gordo que se sale de la vaina por hacer algún comentario.

—¿Usted también la vio, eh? No es la primera vez que lo hace. Me lo contó el Cuatro. Todos los primeros de mes lo mismo: el fernet y el cheque.

El Torcido se acerca, retira el vaso de la vieja y pasa un trapo por el mostrador.

El gordo sigue:

—Era de cinco mil.

—¿Cinco mil pesos? —dice Cala—. Para una persona mayor es mucho dinero, ¿no?

—¡Qué le parece! Es que a ella no le gusta de dónde viene esa plata.

Después baja la voz y agrega:

—La Big Love…

—¿La Big Love?

¿Dónde ha escuchado antes ese nombre?

—Pregúnteles a los muchachos del barrio, aquí todos le conocen la cara —dice el gordo. Y empieza a reírse con una risa pequeña y filosa, inesperada para semejante corpachón.

Cala termina su Coca-Cola en silencio.

El Torcido, que saca cuentas junto a la caja, le trae el ticket y se queda apoyado en la barra con las dos manazas llenas de anillos sobre el mostrador.

Cala trastabilla sobre su asiento. Allí, a centímetros de sus ojos, entre los muchos anillos del Torcido, está el de la piedra chata y violeta que vio en el dedo de Sabrina apenas unos días atrás. Entonces, como si el mismo Torcido le hubiera dado un golpe en la frente para recordárselo, vuelve a escuchar la advertencia de Sabrina. ¡No lo mire! Y parecía asustada cuando lo dijo. Después, cuando el tipo le trajo el ticket, algo había en su actitud, en su forma de hablar, algo que no terminaba de mostrarse, como una burla o tal vez una soberbia reprimida, y que a ella, confundida como estaba en ese momento, se le escapó. Tal vez ellos dos se conocían de antes. ¿Por qué, si no, Sabrina la había citado allí? ¿Y sobre todo, por qué ahora, en el dedo meñique, él tiene el anillo de ella?

Cala paga y se va de allí oscilando entre la curiosidad, el miedo y una sensación creciente de irrealidad. ¿Se ha imaginado lo del anillo? ¿Será simplemente un anillo parecido? Mientras camina hacia el subte, vuelve a ver los postes con las pegatinas de minivolantes. Se acerca a uno de ellos. Allí está: "Promo en colas, $70". "Big Love cumple todas tus fantasías".

En la cuadra siguiente, como si hubiera dos bandos que libraran una batalla callejera, Cala descubre otra ristra de folletos pegados en la empalizada de una obra: "Desmantelamiento YA de las redes de trata", dicen. Abajo hay una ilustración de una mano que se eleva con decisión combativa, y una firma:

LAS TIGRAS. Mujeres que defienden a otras mujeres. Cala arranca uno y se lo lleva.

Demasiadas coincidencias para tan pocos minutos.

Sigue caminando hacia el subte. Con la guardia baja, se deja asaltar por los volanteros: Tarot, cartas astrales, su futuro por Mayra; Cursos de Computación, Idiomas; Luli, cosmiatra, limpieza de cutis; Parrilla Los Primos, Pizza por metro.

El fervor volantero de Buenos Aires en los últimos años no deja de crecer. No hay que comprarles nada, decía su alumna Vivian, basta con agarrar el papelito para ayudarlos. ¿Y viste cómo lo dan algunos? ¿Con qué arte?

Baja las escaleras del subte, llega hasta el andén lleno de gente y, en lugar de abrirse paso para encontrar una posición ventajosa en la primera fila, se apoya contra la pared detrás de todos. Le están pasando cosas muy raras. En pocos días ha descubierto la maniobra de Sabrina, se ha quedado con su hijo y se le revela una posible conexión entre ella y el dueño de aquel bar crapuloso. Si a eso le suma la vieja del fernet —la madre o la abuela de Big Love— ya tiene unos cuantos motivos para ir a la Policía. Le zumban los oídos y el borde del andén le da vértigo. Cualquier loco puede pasar y empujarla a las vías. Ella misma podría vacilar y matarse por atolondrada.

Pese a subir al vagón entre los últimos, una mujer se levanta cerca de ella y puede sentarse. Cierra los ojos. Como desde un sueño arranca el sonido de un saxo. Cala conoce ese tema, tal vez sea *How deep is the ocean*, la melodía se alza hasta un borde tenso de melancolía pero no llega nunca a romperse. Abre los ojos y mira de dónde viene. Un viejo que lleva una gorra con la visera hacia atrás, una campera beige gastada y una coleta gris colgando en la espalda, como un resabio hippie de la juventud. Cuando sopla el saxo sus mejillas se inflan y se desinflan como un pellejo, mostrando una cara sumida, desdentada. Una música tan bella, un hombre tan feo. Parece un verso, pero no llega a ser un haiku.

Sonda nasogástrica

—Por fin llegaste —la recibe Sixtina.

Está en la cama, en camisón, comiendo una tostada. En el piso, un mar de papeles.

—¿Qué pasó?

—No encuentro la garantía del plomero, ni los anteojos, estoy sumida en el caos.

—¿En dónde deberían estar?

—Todo está aquí adentro —dice la madre, abarcando con un movimiento de la cabeza todo el cuarto—. Posiblemente en esta cama —y empieza a remover las sábanas.

La cama es como un nido, hay migas de pan, pañuelitos de papel estrujados, una agenda medio deshojada, dos o tres libros, cedés sueltos, una tableta de chocolate mordida, varios ruleros, medias sucias, una linterna y un destornillador con el mango roto. El gato dormido en el extremo es el único signo de armonía o de elegancia que emerge del revoltijo. Cala estornuda.

—Ya empezás con eso de los estornudos.

—Mamá, ¿por qué no comés en la cocina?

—No quiero morirme en la cocina. Si me caigo ahí, no llego al teléfono. Ya te lo expliqué. Después te vas a enterar por el olor.

—¿Y necesitás tirar todos los papeles al suelo?

—Los papeles son un infierno. Mejor dicho, un purgatorio; después, si alguien prende un fósforo…

—Por lo que recuerdo, del purgatorio se pasaba al cielo —corrige Cala.

—¿Vos te crées que es el juego de la oca?, ¿que hay reglas? Dios es un demente, un atrabiliario, si te puede joder un poco más, mejor. Y si no, mirá lo que me mandó ahora, a la bestia bifronte, a la traidora hija de puta. ¿No tenía bastante con el ojo revuelto, con la presión alta, con la sordera, con el pico de loro?

Cala piensa en Sabrina, en sus manos de nena, en su miedo a que la denuncie, en el gesto de ofrenda con que le había mostrado a su hijo. El inocente Brandon que estaría a estas horas bajo el aura plácida de Julieta, escuchando música tibetana de bansuris y tanpuras o acunado por mantras protectores.

—¿Qué sabés de ella? ¿Le hablaste?

Cala asiente.

—Me juró que va ir devolviendo la plata. Ya me devolvió cien pesos.

—¿Cien pesos?, ¿y los dólares?, ¿y los anillos?

—Démosle un poco de tiempo —dice Cala sin convicción. Si Sixtina se entera de que Brandon está en su poder...

—Siempre fuiste ingenua. ¿Sabés lo que viene después de la ingenuidad, no? Empieza con i también. Tenés que ir a buscarla. Llevarle la policía hasta la puerta de su casa.

—¿Vos sabés dónde vive?

—Por alguno de esos barrios remotos donde viven ellos: Mataderos o Lugano, ¿qué más da? Habría que matarla a patadas.

—Decapitarla ya que estamos —dice Cala, como a Ganesha.

—También podés buscar a la madrina, la que trabaja en el geriátrico. Debo tener la tarjeta por ahí.

Las dos miran hacia el mar de papeles que se extiende en el suelo alrededor de la cama.

Cala empieza a recogerlos: facturas viejas, tickets de la farmacia, recortes de diarios, recetas del CEMIC, el volante de una peluquería, sobres vacíos de cedés…

Encontrar los datos de la madrina va a ser difícil.

Entre los papeles que hay en el piso aparece un sobre manuscrito que dice "testamento".

—Así que te va a devolver la plata en cuotas de cien —retoma Sixtina—. Para cuando termine, ya voy a estar muerta. Calculá: dos años por lo que se afanó de las cajas de ahorro, otros dos por los dólares que faltan, ¿y los anillos? Nos debe por lo menos cinco años. Justo ahora que se viene otra exacción.

—¿Exacción?

—Hay que poner guita para Lala. Toda la familia tiene que poner: para la sonda nasogástrica.

—¿Qué es eso?

—Un heptasílabo: son-da-na-so-gás-tri-ca.

Sixtina empieza a contar sílabas mirándose atentamente los dedos.

Cala también se detiene y se los mira, están cada día más torcidos por la artrosis, sus manos que habían sido bellas se van pareciendo a garras.

—El haiku tiene tres versos de cinco, siete y cinco.

Cala desvía la mirada y opta por el silencio.

—A-los-no-ven-ta —retoma Sixtina—: cinco. Son-da-na-so-gás-tri-ca: siete. Tor-tu-ra fi-nal: cinco. Ahí tenés: cinco, siete, cinco.

Cala sigue con su tarea de hormiga hasta que no queda ni un papel en el piso.

—Después, en casa, reviso todo esto y te lo traigo ordenado. Ahora me tengo que ir.

—Qué raro, vos siempre apurada. Vos-siem-prea-pu-ra-da...

—No sirve, tiene seis —le dice Cala, y se va con un mazo de papeles en la cartera, como la vieja que recogía los minifolletos en Corrientes.

Se va pensando hasta qué punto la idiotez no será una condición necesaria para vivir. Mientras camina hacia el subte, hace cálculos. ¿Cuánto tiempo de vida, de paciencia y de obligado silencio está dispuesta a entregarle a su madre? ¿Cuántas horas reales e imaginarias antes de llegar a la sonda nasogástrica propia? En esa matemática precisa consiste la encrucijada ética y amorosa que debe enfrentar cada día. Aprieta los dientes para no ponerse a escribir otro haiku. Leo era su salvación. Justo siete sílabas: "Le-oé-ra-mi-sal-va-ción". Y ella, Cala, la salvación de Sabrina.

De pronto se da cuenta de que tiene hambre, hace muchas horas que no come. Con la visita a El vagón de Titi y el descubrimiento del anillo, se ha quedado sin almorzar. Antes de llegar a Córdoba se mete en un maxiquiosco lleno de estudiantes. Pide un pancho y se sienta frente a una computadora. Pone "piedras preciosas" en el Google.

En la Antigüedad se creía que las piedras de colores tenían poderes especiales y que curaban ciertas enfermedades.

El rubí, la esmeralda y el zafiro son las únicas consideradas como preciosas, esto es debido a que cumplen con las tres características que las hacen muy valiosas, su dureza, su escasez y sus extraordinarios colores.

Pero la piedra que ella ha visto, primero en la mano infantil de Sabrina y después en la del Torcido, debía de ser semipreciosa. Busca "semipreciosas" y allí está: después de la aguamarina, figura la amatista, una piedra de color violeta muy resistente a los ácidos, pero también muy susceptible al calor. *Al calentarla a más de 300 °C cambia su color a café pardo, amarillo, anaranjado o verde, según su calidad y lugar de origen.*

Además de estas características físicas, la amatista tiene otras virtudes.

Nos aporta un pensamiento más real y conciso, ayudándonos a salir de una situación de confusión y abriendo nuestra mente a otras perspectivas e ideas. En suma, puede transmutar nuestros pensamientos negativos en positivos.

Cala mira sus dedos desnudos y lamenta su falta de coquetería y de fe. Se pierde un rato más en las historias míticas de otras piedras y, antes de cerrar la compu, escribe "sonda nasogástrica". Aparecen una serie de ilustraciones de un tubo atravesando los órganos de distintos pacientes. Parecen viñetas medievales de las torturas de la Inquisición.

Cala se retrae un poco sobre su asiento, sin embargo se siente apaciguada, como si con el trabajo de la mano y el *mouse* pudiera manipular el transcurso del tiempo, mitigar el horror de las cosas.

Cuando sale a la calle la asalta la conciencia de Brandon. Cada vez es igual: primero una reacción necia de incredulidad, después un golpe de pavor en medio del pecho que la deja sin aire. Pero ella no puede detenerse, está obligada a seguir adelante. Tiene dos ideas para dos notas: una sobre diálogos escuchados al azar por la calle y otra sobre los edificios más feos del centro.

Cuando llega a Corrientes, encuentra el subte cerrado. Paro sorpresivo. La gente se agolpa en la entrada sin saber hacia dónde ir, como un hormiguero al que alguien hubiera pateado.

Tiene suerte y consigue un taxi para ir hasta Florida y Córdoba.

Una vez que se decide a gastar plata en un taxi, Cala se sube al primero que pasa libre. Su amiga Gloria, en cambio, especula cada vez como si fuera a comprarse un auto: si es un último modelo, si tiene aire, si es o no radio-taxi, el aspecto general del chofer... Tiene un olfato especial, dice, para darse cuenta desde la esquina si el tipo es un loco mala onda, drogado, o más o menos normal. Cala se mete en un viejo Dodge con el tapizado manchado, olor a humedad y la música a todo volumen.

—¿Le molestan los boleros? —la ataja el taxista.

—No —le dice Cala—, al contrario. —Se arrepiente enseguida, porque entonces él se siente autorizado a subir el volumen al mango.

—Esto es un lujo. ¿Los reconoce?

...murió la flor... en mi tu esencia se quedó
y tu risa infantil creo escuchar...

—Es de nuestra época: Los Ángeles Negros.

Cala se escandaliza por lo rápido de su deducción. Ella debía ser diez años más joven que él.

...las noches frías son,
no brilla más el sol...

—Era para bailar apretados, en una baldosa, ¿se acuerda? —dice, y se remueve golosamente en el asiento.

Zas, ha caído en una trampa. En su cuaderno de apuntes también tiene un capítulo dedicado a taxistas. Hace una clasificación inspirada en Macedonio y sus cosas-otras o cosas sin ellas. En principio, están los taxistas genuinos, o sea los tacheros, y los taxistas no taxistas. Ha conocido una enorme variedad de esta segunda categoría: desde malandras y ex millonarios hasta odontólogos, veteranos de Malvinas, trasplantados cardíacos y cantantes de tango.

Éste podría entrar cómodamente en la categoría taxista libidinoso, el que busca conversaciones que vayan derivando hacia temas íntimos.

Pero no. El chofer es inocente, sólo un verdadero fan de Los Ángeles Negros. En los minutos siguientes se limita a corear con ellos, de forma muy sentida:

desde hace tiempo espero yo
oír tu voz, sentir tu amor...
ya no sé lo que es reír,
no sé vivir si tú no estás.

Después baja el volumen para darle suspenso a su conclusión. La parte teórica del asunto.

—Para cantar esto había que tener voz, ¿eh? Porque entonces no había tanta técnica, el micrófono era un palito de escoba y tocaban con una guitarrita con cuerdas que parecían de alambre. No va a comparar, ahora lo hacen todo con la computadora.

Por suerte suena el celular de Cala.

—¿La escribana Berti?

—No —dice Cala.

—Disculpe —dice la voz y corta.

Para evitar el entusiasmo didáctico del chofer, Cala sigue hablando sola.

—Ajá —dice—, ¿una sonda? ¡Qué barbaridad! Claro, ¿vos vas a ir a visitarla?

El chofer baja el volumen de la música. Y respeta su silencio hasta que llegan a Florida.

Proxenetas

"...gestos desencajados, aburridos, timoratos,
atildados
     mezclas de colores, rayas, lunares, estampados,
     corbatas, sacos, saquitos, camisas, pantalones,
maletines,
     mujeres robustas con minifaldas,
     con pañuelos, collares, anteojos negros,
     flaquitas de jean con el ombligo al aire,
     altas y ojerosas, embanderadas con carteras,
     che pibes con maletines,
     el mozo del bar con su bandeja en equilibrio,
     más mujeres, más bolsas de compras, libros bajo
el brazo,
     bufandas, narices, pregones, cambio, cambio,
canillitas,
     revistas sexies, culos apretados, miradas erráticas,
     fábrica de cueros, camperas, ponchos, mates,
     la chica que fuma en la puerta del negocio,
     la pareja que baila tango,
     el tipo que se lava la cara con vidrio molido,
     el mendigo en el piso mostrando su muñón,
     algún chorro en el gentío,
     un hombre-sándwich
     con carteles de cartuchos para impresoras,
     dos pies fúnebres que salen por debajo,
     pasos muy cortos,
     zapatos negros gastados, calcetines tristes..."

En medio del tumulto, un bálsamo,
la cara exquisita de una mujer oriental
detrás de un mostrador de una casa de turismo.
Será lo más bello del día.
¿Lo más feo?
La iglesia metodista de Corrientes al seiscientos
encajonada entre dos edificios mugrientos…"

Cala cierra su cuaderno. No, Florida no es la calle para recoger diálogos. La gente camina apurada, ensimismada o atada a sus celulares. Sólo se oye un rumor uniforme, algún retazo de una frase operativa: dinero, citas, envíos, documentos. El lugar de los diálogos sustanciosos es un café de barrio, allí donde se hacen confidencias en voz baja, con caras de pesadumbre, con manos enlazadas.

Cuando sale del Havanna donde se ha sentado a escribir y a tomar un café, ve a una gorda con su bolsita. ¿Qué hace junto al teléfono público? ¿Y ahora junto al semáforo? Despega minifolletos.

Es más joven que su colega de la calle Corrientes. Tiene el pelo mal teñido, una camisa de jean suelta sobre una pollera larga. ¡Y ojotas! Es otoño, no hace frío pero tampoco el día está para ojotas. Cala se acerca decidida a hablarle.

—Perdón, ¿puedo hacerle una pregunta?

La mujer la mira de arriba abajo. Tiene el ceño más torturado que Cala ha visto nunca. Unos toques de ácido hialurónico ayudarían.

—Yo soy periodista —le aclara—, me gustaría hacer una nota sobre estos folletos.

—Esta basura, querrás decir.

—Sí, es lamentable —dice Cala para aplacarla.

—¿Tiene idea de cuántos folletitos arranca cada vez?

La mujer se endereza sobre las frágiles ojotas, echa la cabeza hacia atrás. La pregunta le ha interesado, porque se concentra, calcula.

—Si te digo, te miento —dice después de un instante—. Yo hago Florida, y cuando la recorro completa no me alcanza esta bolsa, los tengo que ir tirando en los papeleros.

—¿Usted tiene asignada una calle?

—A mí nadie me asigna nada, ¿sabés, querida? Yo trabajo por mi cuenta —dice con orgullo—. A las de la parroquia no las aguanto. Las del Socorro son una media docena y están bien organizadas. Pero ellos son muchos más.

—¿Ellos?

—Los pibes que hacen las pegatinas. Todos los ven, pero se hacen los distraídos. A todos les da igual: clases de matemáticas y de piano, reparo cortinas y paseo perros que oferta de colitas, de trabas, de chicas tortas o de sados.

Vuelve a su tarea. Despega una hilera de folletos que ofrecen "traviesas" y otra de "hermanitas juguetonas". Lo hace con golpecitos secos y profesionales, como si estuviera sellando papeles en una oficina. (Aunque Cala se la imagina más bien trabajando de depiladora que de oficinista.)

—Vi a una persona, por Corrientes y Dorrego, haciendo lo mismo que usted.

—Hm, por ahí debe andar la Parroquia de la Resurrección. O tal vez trabaje por la suya, como yo. Somos unas cuantas.

—También hay instituciones que se ocupan del tema, fundaciones, oenegés, ¿no?

Se detiene un poco ofendida. Como si la mención de instituciones desmereciera su trabajo.

—Sentime bien, querida. Yo no me engaño, yo sé que esto es como una curita a un leproso. Pero es algo. A las instituciones se les escapa la tortuga. Mucha burocracia. Mucha traba legal.

Ahora le clava la mirada, como si Cala tuviera algo de culpa en la cuestión.

—Es como una telaraña, ¿me entendés lo que te digo?: marcadores, reclutadores, policías, punteros, procenetas... y en el medio está atrapada la pobre piba. Las que más hacen son algunas madres corajudas. Como siempre. Los políticos, ya se sabe, mueven el culo cuando les conviene.

—Leí sobre la madre que se infiltró en una red...

—Mirá, tesoro, hay que saber distinguir —la interrumpe—. Eso es trata: las chicas que traen del Interior y que las tienen de esclavas, a veces se las llevan para la Triple Frontera. No son éstas —dice, señalando las pegatinas.

—¿Éstas son profesionales?

—Bueno, se podría decir, pero ellas también tienen una mafia que las explota.

Frunce el entrecejo que parece más atormentado todavía y se agita impaciente.

—Mirá querida, si querés saber más, me llamás cualquiera de estos días, ¿estamos? Ahora tengo que terminar con esto.

Saca una birome de su bolso y detrás de uno de los folletos le anota su número: Susana 4566 7272. Después se da vuelta y sigue trabajando. Una vez que despega todos los folletitos de la columna, como para reafirmar la limpieza que acaba de hacer, pega sobre ella un afiche de Santa Inés, Patrona de la Pureza.

Cala se queda pensativa con el folletito en la mano. Lo da vuelta: "Madurita te baña", dice, y un teléfono que, curiosamente, se parece mucho al de Susana: 4566 7565.

Entonces oye el sonido discordante de su celular. Rebusca en el bolso con la certeza de que no llegará a tiempo y esa ligera angustia cósmica que le provoca un timbre sonando en el fondo de una cartera. Se promete abandonar las que son tipo bolso, encontrar una cartera disciplinada, con cierres y compartimentos que le permitan mantener a raya el caos. (Tal vez la decisión del hialurónico la empuje al fin a esa serie de cuidados y reparaciones que se debe desde hace años.) Cuando después de mucho remover —el llavero, la billetera, los papeles enrollados de Sixtina, la bolsita del maquillaje, sus biromes Bic negras, su cuaderno de apuntes— puede extraer el celular, la comunicación, desde ya, se ha cortado. Número desconocido, dice la pantalla.

Todavía lo tiene en la mano cuando vuelve a sonar.

—¿Carla?

Es la voz de Sabrina, un hilo de voz.

—¡¡Sabrina!!

—Carla, me volvieron a agarrar…

—¿Quiénes te agarraron? ¿Dónde estás?

—…tenémelo al Brandon te lo pido, tenémelo hasta que…

—Decime, ¿dónde…?

Aquí un murmullo incomprensible.

—…cerca, pero no llamés a los ratis…

Un sollozo.

—¡Sabrina!, ¿qué está pasando?

En el fondo, Cala oye una sirena que ulula.

Cortan.

Cala aprieta el ícono verde para devolver el llamado, pero salta un contestador automático. Intenta varias veces más pero el número desde donde la llamaron está "apagado o fuera del área de servicio".

Proxenetas.

Para volver a su casa Cala toma un subte bastante vacío y se sienta. Hace todo el viaje con el celular en la mano, por si recibe otro llamado. "Me volvieron a agarrar", dijo Sabrina, piensa Cala. O sea que, si le está diciendo la verdad, no es la primera vez, hubo una o varias veces antes, y además son varios los sujetos que la "volvieron a agarrar", una banda, un grupo impersonal que se expresa en una amenaza plural. Cala aprieta el celular, como instándolo a que suene, a que aparezca la voz de Sabrina y le devele el sentido de sus palabras, pero Sabrina ha vuelto a desvanecerse.

Cala sacude la cabeza, trata de desprenderse de sus pensamientos que no hacen más que girar en círculos y enredarla. Mira a su alrededor. Esta vez no hay músicos en el subte, sólo los chicos de siempre dejándole sus revistas, sus figuritas o sus clips sobre las rodillas. Vivian y Megan, dos alumnas americanas que había tenido meses atrás, habían presentado un estudio sobre el tema para la Universidad de Boston. ¿Por qué la gente acepta que le dejen sobre las rodillas distintas mercancías?, se preguntaba Vivian. ¿Que les toquen las rodillas, junto a la cartera? ¿Por cansancio, por indiferencia? No, se respondía sola, por solidaridad. Aceptar ese depósito es una forma de comprensión hacia la necesidad del otro, decía. Aquí, concluía, los problemas están "expuestos en carne viva".

Para Megan en cambio, que alguien dejara mercancías sobre las rodillas de otro, por mínimas que fueran, era asombroso porque el otro, simplemente, podría quedárselas. Para el vigoroso sentido de propiedad de un americano, lo que te ponen sobre las rodillas puede considerarse propio. Una suerte de "pelito para la vieja" del consumismo. También la asombraba, a Megan, cómo se transgredían las leyes de la "proximología", lo más natural del mundo para quien está acostumbrado a viajar como sardinas. En todas las especies, decía, hay una distancia para guardar entre individuo e individuo: no hay más que ver cómo se posan los pájaros sobre una rama o cómo se distribuye la gente en una cola. La posibilidad de preservar la burbuja individual depende de la riqueza. Nosotros, que no somos de Boston, tenemos que apiñarnos en las horas pico como hacen los pollos o los pingüinos para darse calor.

Uno con el todo

En lo de Julieta, le abre la puerta Alma, la chica que lleva la guardería.

—Vení, pasá, Julieta se está cambiando para dar una clase.

—¿Y Brandon?

—Es un santo —dice Alma—, no nos dio nada de trabajo.

Julieta aparece detrás con un sahumerio encendido.

—¡Hola, Cala! Brandon acaba de dormirse, ¿por qué no aprovechás y tomás la clase de relajación? Estamos justo por empezar.

Cala le dice que no tiene ropa, que está cansada.

—Mejor, mejor —insiste Julieta—, siempre estás tan tensa, te va a ayudar a dormir. —Y corre a traerle un pantalón y un buzo de jogging.

Cala se cambia y entra en una salita pintada de azul con cortinas de bambú en las ventanas. Hay colchonetas en el suelo y almohadones forrados con telas de colores. Se tira en una de ellas junto con cuatro alumnas más.

Cierren los ojos. Inspiren y espiren muy lentamente.

"Muuuy" lentamente, dice Julieta alargando esa u, como una invocación.

A Cala la cabeza le pesa y le late. Siente los hombros agarrotados, como de madera. ¿Quiénes se habrán llevado a Sabrina? ¿Será el Torcido su entregador? ¿Su proxeneta?

Tomen conciencia del cuerpo y visualicen una esfera azul y luminosa.

¿Estará secuestrada en alguna villa, en un burdel de alguna casita suburbana? ¿Amordazada y drogada hasta que se decida a trabajar?

Centren la idea de quietud en la garganta, deshagan el nudo que encuentren allí, emitan en voz muy baja, como un mantra, las palabras "quieta" y "tranquila".

Quieta, tranquila, repite Cala. Marioneta. Proxeneta.

Estará tirada en un camastro, con los ojos dados vuelta, sin aire. Sonda nasogástrica.

Respiren de forma lenta y continua. Las aletas de la nariz se dilatan y dejan entrar un chorro muy fino, una corriente inaudible y mansa de aire, dice la voz de Julieta, que de a poco se va invistiendo de autoridad.

Cala respira, pero su respiración es agitada, un tableteo como el de la puerta de su casa cuando se abre y se cierra.

Paralizada de miedo estará Sabrina, piensa Cala, en un cuarto con piso de tierra, húmedo y neblinoso, escuchando gemidos alrededor, el de otras chicas secuestradas y en tratamiento de ablande. Hombres como bultos aparecerán cada tanto para golpearla, amenazarla, violarla…

Ahora asciendan por la respiración, ese hilo que nos conecta con lo que está más allá, la unidad superior donde nuestras acciones pierden singularidad y relieve.

Singularidad y relieve. Con curiosidad docente Cala advierte que Julieta, hablando, supera su forma de escribir.

Síganlo por la nariz, garganta, laringe, hasta que llene el pecho y abra el plexo como una mano cálida.

O tal vez la metan, a Sabrina, dentro de un camión y la trasladen al sur, a alguna localidad perdida del Interior…

Quiten de su mente toda idea de acción, toda expectativa. Alejen cualquier pensamiento. No controlen, no juzguen, no evalúen.

Pero su mente díscola imagina el destino de Sabrina, se pierde en las especulaciones más atroces con los pocos fragmentos que conoce de la historia.

Vino del Interior muy chica. Su madrina la recibió en Buenos Aires. Después tuvo a Brandon con un muchacho que trabajaba en la gendarmería y que, al parecer, los había abandonado. Además de su trabajo, tiene un plan Jefa de hogar y una Asignación Universal por Hijo. Al menos, eso había dicho alguna vez. ¿Necesita robar?

Sientan la respiración, como un fluido tibio y bienhechor.

La calma que emana de las palabras de Julieta empieza por fin a surtirle algún efecto.

Ahora extraigo prana del depósito universal, lo almaceno en el plexo solar y después lo administro con orden: lo hago circular por órganos, huesos, músculos, piel, células, átomos que componen mi cuerpo.

La idea administrativa del prana la distrae. Vuelve a Sabrina. ¿Si con ese aspecto de desamparo es sólo una hipócrita canalla como la ve Sixtina? ¿Si no es una víctima como ella la imagina?

Ahora son uno con el todo.

¿Por qué la protege? Porque Sabrina tal vez sea ella, y ella sea Sabrina. Uno con el todo. Además, pensar en Sabrina, piensa, es una buena excusa para no pensar en ella. En la no-vida que va llevando, en la constancia maligna con que lo hace. Eso de estar siempre apurada. De arrancar siempre tarde, de vivir sistemáticamente con quince minutos de retraso y de cargar por lo tanto con un plus de ansiedad que le impide no solamente cuidarse (pintarse las uñas, tener el pelo bien cortado, perfumarse o elegir ropa) sino tomarse un mínimo espacio de comodidad. Renuncia a esos bordes (¿burletes?) de tiempo que sirven para acolchar los rigores de la vida. Vive en los huesos, aterrada tal vez de que la alcance la vejez de Sixtina, la sonda nasogástrica de Lala. Mejor correr, correr, no pensar en las decepciones, en las pérdidas, en el adelgazamiento constante de la sustancia de la vida.

La máscara facial está al fin serena, desprovista de todo gesto, la mandíbula floja, la lengua abandonada contra el paladar, rozando ligeramente el cerco de los dientes, el cuerpo cabelludo laxo, la frente distendida...

Pero tal vez Sabrina se salve. Siempre hay excepciones, momentos de distracción de los captores, vías de escape, gente que sobrevive al hambre y al horror, a las golpizas brutales, a las drogas duras, a la tortura.

Imaginen que su cerebro es como un cuarto que tiene dos puertas, la derecha y la izquierda. Dejen entrar los pensamientos, las imágenes que los perturban, por la puerta de la izquierda, y háganlos salir por la puerta de la derecha, seguir su viaje, desvanecerse.

Sabrina, Sixtina, el Torcido, Brandon, la marioneta, los proxenetas, la tía Lala, los secuestradores, Big Love, Martín, Leo detrás de la Cordillera y hasta Juan el carpintero, que sigue sin venir a su casa, todos agolpados en la puerta de entrada de la izquierda, entrando en tropel y ahora saliendo atropelladamente pero sin resistencia por la de la derecha...

Es el momento de cerrar la puerta de la izquierda.
Por fin el cerebro es una habitación vacía, oscura, no hay
colores, no hay imágenes, no hay palabras, no hay nada...

Cuando abre los ojos, la ve a Julieta que trae a
Brandon en brazos.

—Viste cómo te ayudó la relajación —dice Julieta—, ahora vas a ver qué bien dormís esta noche. Siempre y cuando a Brandoncito, después de esta siesta, no
se le ocurra pasar la noche en vela.

Brandon agita los brazos contento y las chicas
los despiden con abrazos y con regalos como si se
fueran de viaje y no a media cuadra de allí. Alma le
da un pequeño libro que se llama "Cuidados del
bebé" y un mordillo (a Brandon le está cortando un
diente, le explica) y Julieta le deja un pote de miel or-
gánica, un nuevo capítulo de su novela y el ejercicio
de la lata de atún.

—Espero que sea lo que vos esperabas —le dice
con humildad.

En la puerta de su casa, Cala encuentra dos volantes pegados con cinta scotch: "picada de pizzas", última culminación de la oferta pizzera. Y "baño a su
perro en mi perromóvil". Pero ella tiene que bañar a
un bebé y no a un perro, siguiendo las instrucciones
que le ha dado Alma.

Algarabía

En otro momento, Cala se habría derrumbado en la cama sin cambiarse y mirado como una autómata cualquier programa de la tele hasta quedarse dormida. Pero ahora no puede. Lo mira a Brandon como si fuera un extraterrestre. ¿Por qué tiene que hacerse cargo de él? ¿Quién se cree que es para venir a caer así sobre su vida? Y además, ¿por qué no se rebela, no chilla, no patalea?, su madre desaparece y en su lugar aparece otro olor, otra cara, otra temperatura, ¿por qué la acepta con serenidad, la mira expectante, con la lengua apenas asomando entre los labios?, ¿genes de supervivencia, de pobreza heredada y de resignación? Ella en cambio vive rabiosa, en estado de emergencia, siente que se mueve dentro de una realidad distorsionada, como si tuviera que estar subiendo todo el tiempo por unas escaleras de Escher. Y, sin embargo, también alguna parte de ella se pliega a la nueva rutina. Más que eso. Empieza a crecerle un regocijo maligno cada vez que vuelve a su casa, sabe que alguien la espera, esa floración de vida.

Brandon le sonríe y el resentimiento se disipa. ¿Por qué, Brandon? ¿Por qué? Bbbhhhha, contesta Brandon. Así que se pone a llenar una palangana de plástico dentro de la bañadera. Le saca toda la ropa, comprueba la temperatura del agua con el codo —un gesto de madre experta que copia de una publicidad que ha visto en la tele—, y lo sumerge dentro del baño tibio. Primero un azoramiento, las cejas perplejas, después exaltación: en la cara redonda de Brandon las emociones se muestran en estado puro. Como no tiene ningún juguete, le da un frasco vacío de champú y un cepillo y él empieza a chapotear. Cala se enjabona las manos y las pasa con suavidad por su cuerpo. Si quiere salir indemne, piensa, debe mantenerse neutral. Le echa chorritos de agua para enjuagarlo y Brandon gorjea. Neutral, se repite. Por fin lo levanta, su cuerpo resbaloso la asusta por un momento, y lo envuelve en un toallón. Es un gesto magnánimo, de diosa, piensa. Lo abraza con miedo de apretarlo demasiado y lo deja sobre su cama. Le echa talco en exceso levantando una nube de polvo blanco. Brandon tose y balbucea, infla los cachetes con fuerza y le sale un globo de saliva. *Quiere hablar pero le sale espuma, quiere decir muchísimo pero se atolla.* Cala lo viste con el osito nuevo que compró en la tienda "Marité". Cada movimiento, cada acción parecen triviales, pero no, como en un ritual, como en una oración, la enajenan.

Ahora mejor me ocupo de mis cosas, dice Cala. En voz alta y severa lo dice, como si así fuera a romper el encantamiento.

Entonces le da a Brandon el control remoto para que juegue y se pone a leer el ejercicio del atún sentada en su mecedora.

Julieta empieza por describir las manos del hombre, ágiles, de dedos pálidos y finos. Pero enseguida abandona las manos y sus gestos elegantes y la maniobra está allí, perfecta, vívida: la pequeña cuchilla se incrusta en el reborde de la lata, la lata gira mordida por las dos ruedas del abrelatas, salpica aceite sobre la mesada y de pronto empieza a girar en falso.

El manielegante recurre a un martillo y un clavo, el enchastre avanza y por fin, con una tenaza, consigue completar la apertura. Sorprendente Julieta.

Un sonido estridente la saca de la lectura. Brandon ha encendido el televisor sin saberlo y ahora llora asustado. Cala salta de su asiento. Tiene que comprarle verdaderos juguetes, piensa, mientras apaga el televisor y lo consuela.

Ahora se tira en la cama junto a él y empieza a leer las páginas de la supuesta novela de Julieta.

Por fin los dos personajes se han encontrado y están sumergidos en un diálogo donde se contarán sus historias y descubrirán sus afinidades.

Él se ha liberado de una mujer que quería "amordazar su ímpetu aventurero".

El corazón de ella palpita "atiborrado de recuerdos". Más adelante hay algarabía, una mente que naufraga en áridas dudas, aromas traviesos, sonrisas que se desprenden de entre los labios, acontecimientos que transitan agitadamente y laberintos polvorientos.

—¿Pero qué le pasa a esta chica, Brandon? ¿Por qué esas imágenes tan tortuosas?

—Bhhhhhhaaaagggahhh —dice Brandon.

—¿Te gusta la palabra algarabía?

—Ddddhaaaaaa —dice Brandon.

—Algarabííiia —le dice Cala y le hace cosquillas en la barriga.

Brandon se ríe a carcajadas, le encanta la palabra algarabía. O más precisamente la vocal i.

No, Sabrina no puede ser una hipócrita, una miserable. Y el llamado que intentó hacerle esa mañana le da la razón a Gloria: las madres suelen reaparecer y Sabrina lo está intentando. Cala busca ahora en su cartera, vuelca todo el contenido sobre la cama y mira los folletitos que ha recogido. Ahí está el "Madurita te baña". Lo da vuelta y marca el número de Susana.

—¿Sí? —atiende una voz de mujer.

—¿Susana? Soy yo.

Le explica quién es ella. La periodista que le habló por la calle.

—Mañana no voy a poder ir —dice—, estoy resfriada.

Cala recuerda los pies desnudos rebalsando sobre las ojotas.

—Decime: qué andás buscando.

—¿Las Tigras le dice algo?

—Sí, son un grupo de madres y de familiares de las chicas secuestradas... Pero decime, ¿vos querés hacer una nota nomás o andás buscando a alguien?

—Busco a alguien —dice Cala—. Pero no estoy segura...

—Entonces llamalas. A la policía ni se te ocurra. Aguantame un chiquitito que te doy el teléfono de Herminia.

Cala anota con cuidado en su cuaderno: Herminia Savino, con ve corta.

—Si te animás, ella te puede infiltrar.

—¿Infiltrar dónde?

—Mandarte a una whiskería a trabajar, pero para eso hay que tener muchas agallas —le dice Susana.

—¿A mi edad? —pregunta Cala.

—Hay de todas las edades. ¿Nunca oíste hablar de las abuelas mamadoras?

—Además, yo tengo al nene —dice Cala, que recuerda en ese instante una película: *Irina Palm.*

—¿Cómo que tenés al nene?

—Sí, lo tengo yo, sería largo de explicar ahora…

—¿Y la familia?

—De la familia sólo conozco a una tía.

—Es lo primero que hay que hacer, lo que dicen Las Tigras: rastrear a la familia, casi siempre hay un entregador ahí. Buscá a la tía.

—Pero tengo muy pocos datos.

—Haceme caso. Si no te vas a mandar con todo, antes de ir a joder a Las Tigras, empezá buscando a la familia.

Tiene razón Susana. Hay que rastrear a la madrina y también, si tiene coraje, encarar al Torcido, preguntarle si sabe algo de Sabrina.

Apenas corta, el teléfono empieza a sonar. Es su madre.

—Tenés que venir rápido —dice Sixtina.

—¿Pasó algo?

—Llegó una carta misteriosa para vos.

—Voy a tratar de pasar mañana.

—Vení con tiempo así me explicás qué es eso de Cara de libro.

—¿Cara de libro?

—Sí, lo de Internet. En la radio hablan todo el tiempo de eso.

—¿Facebook? Es una red social donde la gente se conecta.

—Como un teléfono.

—Hm, sí, pero…

—¿Te pueden ver por ahí? Dicen que está lleno de pedófilos.

Prolegómenos

Es sábado a la mañana y cae una ligera llovizna, tan ligera que parece bruma. Las plantas de su minúsculo jardín delantero lo estarán agradeciendo. Pascua la mira con ojos implorantes: desde que está Brandon en la casa, Cala tiene menos tiempo para sacarla a pasear, así que la manda a la terraza, que es su territorio casi exclusivo.

Después le da una mamadera a Brandon, lo cambia y lo deja sentado sobre la alfombra con varios tapers de plástico y unas cucharitas de café. Se sostiene bastante erguido, aunque, cada tanto, se bambolea y cae de costado.

Por fin abre el *Skype* y se encuentra con Martín para terminar de corregir la página web de la revista. Mientras lo hace, le entra un mensaje de Leo anunciando que piensa estar en Buenos Aires a mediados de la semana próxima. ¡Ahhhh!, exclama Cala, tan encantada como Brandon golpeando los tapers con una cucharita. Hace seis meses que no lo ve. Siguen atados uno al otro, aunque no se hacen ninguna ilusión sobre el futuro. En todo caso, el anuncio de su llegada produce efectos sobre su futuro inmediato: pese a los errores pertinaces de Martín y su lentitud, el trabajo se desliza con fluidez y consiguen por fin dar por terminada la bendita página.

Al mediodía, después de dejarlo a Brandon con Julieta, Cala va a encontrarse con Gloria.

Se sube a la bicicleta y toma por la calle Pampa. Sabe que tiene una goma baja, así que se detiene en la gomería que está sobre la esquina de Combatientes de Malvinas. Es un galponcito oscuro y grasiento, atemporal en su precariedad. Podría haber estado allí cien años atrás o en cualquier otro rincón del país. Nada que ver con la nueva "Gomería-alineación-balanceo" de Álvarez Thomas, un local enorme con las paredes decoradas por llantas cromadas y vistosas como condecoraciones.

El gomero de Pampa es bajito, oscuro, y le queda poco pelo en la cabeza. Es silencioso y gentil. A cualquiera que pasa y se lo pide, le presta el compresor de aire con un gesto humilde de la cabeza (como avergonzado de que le pidan aire). Esa mañana, cuando se detiene allí, Cala lo mira trabajar. Está inclinado sobre la rueda, colocando una cubierta. Hace palanca primero con las rodillas, después hace avanzar el neumático en el surco de la llanta con una cuña y un martillo. Podría trabajar de pie o sentado, piensa Cala, con la goma apoyada en alguna mesa, y no en esa posición rastrera. Pero después ve que no. El gomero se planta sobre la rueda y salta sobre ella para terminar de encajarla. Después la abraza, la levanta, la sostiene con las piernas y la infla con el compresor. Empeña todo su cuerpo en la tarea, hasta su saliva con la que moja la válvula para comprobar que no haya pérdidas. Por fin la lleva rodando hacia el auto, corre junto a ella y la guarda en el baúl. Cuando vuelve parece que todavía lleva una rueda: la forma de inclinarse hacia adelante, de balancearse, de avanzar con los brazos arqueados a lo largo de las piernas. Él es un *homo faber*, piensa Cala. Ella, en cambio, sólo compromete sus dedos en las teclas de la computadora. Ah no, se indigna Cala con sus propios pensamientos. ¿Y Brandon qué? Cuando menos se lo esperaba, y a una edad poco propicia para los esfuerzos físicos, ella, como el gomero, tiene que emplear a fondo su cuerpo, exigir todas sus articulaciones: agacharse decenas de veces por día, ponerse en cuclillas y andar en cuatro patas, levantarlo desde el suelo, colgárselo de una cadera hundiendo la otra, balancearlo, maniobrar objetos con una sola mano mientras con la otra lo palmea o le pone el chupete y también usar su saliva para desprenderle costritas o pelusas que con frecuencia Brandon lleva pegadas sobre los amplios cachetes.

Cala sale de la gomería con las gomas llenas de aire y el cuerpo erguido, pedalea con fuerza y va rebotando elástica y orgullosa sobre la acera adoquinada de la calle Pampa.

Gloria está sentada a la mesa del bar, la cabeza inclinada sobre su notebook.

Se toca cada tanto el pelo, se pasa un dedo por una ceja, como si comprobara que está allí, es probable que esté removiendo un pie por debajo de la mesa.

Apenas se saludan con un roce de mejillas, como si siguieran en una larga conversación que lleva más de treinta años.

—Mirá, Cala, podemos hacer cien conjeturas —arranca Gloria—, pero lo único real es Brandon. Vamos a concentrarnos en eso. ¿No podés ir a donde vivía Sabrina, preguntarles a los vecinos?

—No tengo su dirección. Y no creo que sirviera de mucho. —Cala se agarra la cabeza—. Gloria,

¿qué hago yo con un bebé en casa? Me podrían acusar de apropiación. Tengo que deshacerme de él lo antes posible, antes de que...

—¿Antes de que qué?

—Ya sabés.

—Mirá lo que te traje —dice Gloria de golpe.

Ella tiene una forma intensa y movediza de ocuparse de las cosas. Vive en un estado de entusiasmo permanente del que sólo la baja cada tanto una de sus tremendas migrañas.

Empieza a sacar de una bolsa y a desplegar sobre la mesa ropita de sus sobrinos que ya no usan. Las dos se quedan mirando y tocando esas prendas minúsculas, absortas y en silencio. (El recuerdo envenenado de Ubi le pega un zarpazo. Ha estado allí, latente, desde que apareció Brandon.)

—¿Cuántos días pasaron ya? —pregunta Gloria rompiendo el encantamiento.

—Casi una semana. Esto es insostenible, ¿sabés lo que es un bebé? La rutina permanente que te imponen: sueño, comidas, baño, pañales, sueño... y así.

—Carola ya es muy grande —dice Gloria—. Pero sí, me acuerdo. Te obligan a seguir *su* ritmo biológico.

—De ahí viene el prestigio de las madres —dice Cala—, de su entrega. Es casi demencial. Pero yo ya estoy en la vereda de enfrente.

Cala recuerda una publicidad de un hijo que llevaba sobre los hombros a su padre anciano, los roles invertidos, una buena idea para vender seguros de salud.

—Esperá unos días más, Cala. Fijate que Sabrina te llamó, como predijo la asistente social: las madres reaparecen.

—Para mí la secuestraron los de la trata —dice Cala—. Y parece que está cerca.

—Por lo que sé, la mafia de la trata se lleva a chicas muy jovencitas. Cuanto más chicas, mejor negocio. Pero podría ser. Tal vez, aunque no nos guste, terminemos llamando a la Policía...

—No —dice Cala terminante—. A la policía todavía no. Hay que empezar por la madrina, como me dijo Susana.

—¿Susana? ¿La vieja que tomaba fernet y que rompió el cheque?

—No, ésa es otra, no sé cómo se llama. Susana trabaja por Florida. Y Las Tigras es una agrupación contra la trata.

—Mujeres que defienden a otras mujeres —dice Gloria.

Se queda un instante pensativa y después abre la cartera, saca un rouge y se pinta los labios con increíble precisión, como si con este gesto reafirmara su pertenencia al género femenino.

—Entonces —dice Cala—, ayudame a rastrear a la tía o la madrina que la recomendó. Trabaja en un geriátrico.

—¿Cómo se llama?

—Matilde Payo.

—¿Y el geriátrico?

—No me acuerdo. Era en Belgrano o en Coghlan...

—Vamos a ver —dice Gloria, y se sumerge en el Google.

A los pocos minutos empieza a tirar nombres: San Pantaleón, Renacer, Mi casita, Los abuelos, Rosa Canela...

—¿Rosa Canela?

Gloria levanta los hombros y sigue recitando: Alma y cielo, Los olivos, La añoranza, Lago azul…

—¡Ése! ¡Lago azul! Bueno, creo. ¿O laguna azul? Algo azul era.

Gloria abre su celular y llama al Lago Azul.

Cala la mira hablar, gesticular, decir ahá varias veces, y se queda en un estado de embotamiento, como si la energía de Gloria la dispensara de moverse, le permitiera dejarse flotar, con un mínimo de oxígeno en los pulmones, magnetizada por esa mecánica simple pero inexorable que ejerce Gloria de avanzar sobre las cosas, de luchar contra el tiempo, de morderlo y triturarlo antes de que te triture. Un perro con su hueso.

Cuando Gloria corta, saben algo más. La señora Matilde Payo no trabaja más en el Lago Azul. No tienen sus datos personales porque el geriátrico se está mudando y ahora no pueden acceder a los ficheros. Eso sí, vivía en Santa Julia, uno de los barrios nuevos de Florencio Varela.

—Podemos ir —dice Cala—. Y preguntar.

—Podemos —dice Gloria.

Unos minutos después agrega con dedo acusador:

—Pero igual te hacés el hialurónico. Y te arreglás ese diente. —Señala hacia un canino que ha empezado a retraerse y está visiblemente más corto que los demás.

Cala asiente. Gloria es su conciencia ética y también estética.

Es de noche y Cala está soñando con Leo. Están en una mesa larga, con cabeceras muy distantes como en las mesas de los aristócratas. Hay otra gente y Leo hace chistes. Esos chistes que no son demasiado buenos y que él no cuenta muy bien, la gente se ríe un poco por compromiso. Le da ternura, a ella, que él insista en contarlos. Entonces se tocan los pies bajo la mesa, lo que es una especie de proeza de las piernas, ya que están tan alejados uno del otro. Y sin embargo, sus pies se las arreglan para encontrarse y mandarse signos. Qué sueño transparente, piensa Cala semidespierta: aunque estemos separados por una cordillera... El teléfono termina de despertarla.

—Hola —grita Cala, en estado de alerta.

—Vení pronto que me estoy muriendo —dice Sixtina—, vení ya.

—¿Qué te pasa, mamá?

—Me está por explotar la cabeza, vení por favor.

Cala se viste apurada, agarra la cartera, baja la escalera a los saltos. Cuando abre la puerta recuerda a Brandon. ¿Y ahora qué hace? Son las cuatro de la mañana y Brandon duerme profundamente. No tiene alternativa, así que sale y deja el llavero en el gabinete de gas, por si tiene que llamar a Julieta y a Alma.

Consigue un taxi enseguida y le pide que vaya lo más rápido posible.

No es la primera noche que Sixtina la llama con esta urgencia. En los últimos meses ha tenido varios episodios similares. Y, cada vez, Cala imagina todas las posibilidades. ¿La encontrará muerta o todavía estará viva? ¿Jadeando, con espuma en la boca, los ojos en blanco? ¿Un infarto o un ACV? ¿Qué va a hacer ella entonces? Ha pensado varias veces en NO llamar a la ambulancia. La ambulancia puede ser el peor camino. Si se está muriendo, habría que dejarla que se muera tranquila. Salvarla puede ser fatal. Quedar en estado vegetal. ¿Será capaz de dejarla boqueando en el piso hasta que se extinga? Tal vez pueda pisar varias pastillas de Valium y metérselas en la boca con una cucharita. Ayudarla en esos últimos instantes, evitar a toda costa que caiga en la maquinaria médica, en las crueldades de la terapia intensiva. ¿Será capaz de hacerlo? Cuando Cala llega a la puerta de lo de su madre, ve una ambulancia estacionada abajo. Ya está. Sube en el ascensor y se mira en el espejo: tiene el pelo revuelto y una cara fantasmal. Empuja la puerta entreabierta del departamento y entra en el cuarto de su madre. Sixtina está sentada lo más tranquila con dos médicos a su lado.

—Ésta es mi hija, doctor —dice.

—¿Qué pasó?

—Le subió la presión —le explica el médico—, pero ahora ya está estabilizada.

Cuando los dos médicos de guardia se van, después de tranquilizarlas y dejarles una receta, Cala se deja caer sobre la cama resoplando.

—Bueno, no te pongas así —dice Sixtina—. Te aseguro que estuve muerta un rato. Se me desprendió el cuerpo del resto.

—Pero resucitaste.

—Son los prolegómenos.

—Venís amenazando con los prolegómenos desde hace treinta años.

—Esta vez no te voy a defraudar —dice Sixtina—. Traeme un vaso de agua y andate... Ah, y la carta misteriosa está en la mesa de la cocina.

Cala vuelve a su casa en otro taxi, preocupada por Brandon. Acerca la carta a la ventanilla para tener más luz: en el sobre dice "Señora Carla" en letras mayúsculas, escritas con birome negra. Adentro hay un papel doblado y otros cien pesos.

Querida Carla además de pensar que soy una ladrona una desagradesida ahora vas a pensar que soy una mala madre

Quien sabe un día te puedo esplicar tenemelo al Brandon unos días mas

lo voy a mandar buscar pronto si aquí un muchacho me alluda no sabes lo que es mi vida no sabes todo el dia enserrada apenas veo un pedasito de pared medio podrida pero tengo que aguantar el cielo no existe dicen mira que noveda cualquier pobre lo sabe si sabria frances como queria tu mama o si habria estudiado el nacional seguro que mi vida era mejor

Gracias Carla gracias rezo todos los dias para que me banques y me perdones

Y por favor por favor no llames a lo polis es lo peor

Cuando llega a su casa, Cala corre hasta el cuarto de Brandon y entra en puntas de pie.

Pascua duerme tirada junto a la cuna improvisada. Brandon está despierto cantándose.

—Está todo bien, Brandon —le explica Cala—. Tuve que dejarte solo un rato. Pero ahora me quedo toda la noche con vos. Dormí tranquilo. Voy a ir a buscar a la tía de tu mamá, a ver si ella nos puede ayudar.

Espejismos

Es lunes, cerca del mediodía, y no hay mucho tránsito en la Autopista a La Plata. Gloria maneja el auto nuevo de su hermana aferrada al volante, como las mujeres que han aprendido a manejar de grandes. Así lo hace desde aquel lejano accidente del que se salvó raspando. Cala va a su lado y Brandon detrás, en una sillita de bebé que les han prestado, sacudiendo cada tanto un sonajero luminoso.

Cala relee en voz alta el último mensaje de Sabrina y después lo deja sobre su falda.

—Está claro —dice— que la tienen encerrada y que alguien de adentro la puede ayudar.

—¿Y eso del cielo? —pregunta Gloria.

Cala levanta los hombros.

—Vaya a saber, viste cómo escribe ella, todo sin puntos ni comas, no se entiende mucho.

—Tal vez es algo que le dicen para burlarse: "El cielo no existe. ¿O qué te creías?".

—¿Sabés qué es lo más raro? —dice Cala apuntando a Gloria con un dedo didáctico—. Que lo escribió con equis. Normalmente lo hubiera escrito con ese: "no esiste".

—La profesora de español no descansa nunca, ¿no? Lo que a mí me parece, con ce o con ese, es que además de la policía, puede haber otros recursos. Podríamos pedirle ayuda al Gordo Magnelli. Pensá que ella...

Cala abre la ventanilla. La imagen de una Sabrina encerrada y sufriendo es insoportable.

—¡Aunque todo puede ser una patraña! ¡No nos olvidemos de eso! —exclama Gloria.

—Pero si es verdad, y si los alertamos, tal vez la hacen desaparecer para siempre —dice Cala, y después gira para mirarlo a Brandon, sobresaltada, como si él pudiera entender el horror de lo que acaba de decir sobre su madre.

Por un momento sólo se escucha el ronroneo dócil del motor y los sonidos musicales de Brandon con su sonajero.

—Bueno, vamos por partes —concede Gloria—. Ahora tenemos que pensar sólo en Brandon, ubicar a su tía.

Después mete un cedé en el estéreo, que se lo traga con un minúsculo zumbido.

Irrumpe la voz todavía joven y afilada de Bob Dylan.

Haw many roads must a man walk down
Before they call him a man

—Es un recital del 71.

Cala mira el paisaje a través de los vidrios polarizados. Los camiones y los autos, los cruces, los puentes de hormigón con sus pintadas, la edificación errática y pobre más allá de la ruta. Todo aparece con una perspectiva distante y mórbida, sin la estridencia de su fealdad o su abandono.

The answer, my friend, is blowing in the wind
The answer is blowing in the wind

—Es como un espejismo, pero al revés —dice Cala.

—¿Espejismo?

—Una buena palabra, espejismo —afirma Cala—. Mejor que guiñapo, ¿no? O que sonda nasogástrica.

—Tenés que verla menos a tu madre y viajar menos en subte vos, evitar sobre todo la línea B. Necesitás un poco más de burbuja.

—Sí, un poco más de espejismo.

—Tenemos que seguir hacia el sur, hasta Berazategui, y después hacia el oeste por la calle 14 —anuncia Gloria—. Eso es antes de llegar a Plátanos.

Cala vuelve su atención a la pantalla del GPS.

—¿Plátanos? Es probable que nunca haya estado en Florencio Varela, pero mucho menos en Plátanos…

—Tampoco estuviste en Ingeniero Budge, ni en Gerli, ni en Ezpeleta —dice Gloria—. ¿Te conté lo del casamiento de Paola? Hicieron la fiesta en un country exclusivo y fletaron una combi para los invitados. Algo se rompió en el motor y se quedaron varados en medio del campo, rodeados por dos villas. Con sus esmóquines, sus vestidos largos, sus pieles y sus joyas. No pasó nada, sólo que iban a mirarlos por las ventanillas, los de la villa, como si estuvieran en una pecera.

—Eso es terror social.

—Otro "souvenir", además de la foto de la pareja en un portarretratos con corazoncitos. Lo podés contar cuando te toque escribir sobre fiestas de casamiento.

Las dos se quedan calladas escuchando los grititos de Brandon mezclados con la armónica de Dylan.

—Por suerte Brandon también va en su burbuja —dice Cala, y le acaricia una mano—. ¿Te parece que vayamos primero a la intendencia de Florencio Varela? Son casas adjudicadas por el Municipio, tienen que tener una lista de propietarios.

—¿Sin conocer a nadie? Yo intentaría directamente en el barrio.

—Es bastante loco lo que estamos haciendo —dice Cala.

—No sería la primera vez. Además, ¿qué quiere decir algo loco? ¿Arriesgado? Tal vez sea sólo "necesario".

—Hm —dice Cala.

Ahora Gloria da un golpecito sobre el volante.

—Con todo esto me olvidé de contarte algo —dice, y le lanza a su amiga una mirada alerta.

—Gloria, no te distraigas —dice Cala, que acaba de registrar el ligero barquinazo del auto.

—Peter está aquí, me lo dijo Magnelli.

¡Peter! Ese nombre, proferido así, en forma inesperada…

—Parece que volvió al país hace un año, que es asesor o funcionario en la provincia.

—¿Y cómo está? —pregunta Cala, neutral, como si la noticia no se pusiera a remover en ella un relente de amargura.

—Lo mismo le pregunté a Magnelli. Pero sabés cómo es el Gordo: "más viejo", me dijo.

—Peter siempre pareció más grande, más formal —dice Cala.

—Sí, tenía aspecto de funcionario —confirma Gloria—. Caminaba con aires de obispo, y era el mejor en latín: todos los años *summa cum laude*.

En el silencio que se instala ahora, se cuelan los recuerdos.

—Pensar que nunca supo lo de Ubi —dice Gloria en voz baja, como si alguien más pudiera escucharlas en el auto.

—No, nunca supo. ¿Tendría que haberlo sabido?

—Ahora creo que sí. Pero entonces no era ahora.

La memoria trabaja con obstinación, rasca y desgarra hasta que encuentra su gota negra de recuerdo.

—Si tiene alguna molestia "allá abajo", pero qué hijo de puta aquel médico —dice Gloria.

Todo el instinto del género, la femineidad, y la seducción, y la maternidad, y la entrega amorosa. Todo reducido a una referencia cloacal: allá abajo.

Cala no contesta.

El dolor siempre es el mismo, piensa, no se desgasta, no se envilece con los años.

—Qué horror fue aquello y qué injusto —dice Gloria.

Después con voz ligera empieza a recitar:

—*¿Qué se hicieron las damas,*
sus tocados, sus vestidos,
sus olores?
¿Qué se hicieron las llamas
de los fuegos encendidos
de amadores?

—Ey, tenés que salir acá, dice el GPS.

Gloria hace una maniobra brusca para salir de la autopista y el coche pega otro barquinazo, pero enseguida recobra su estabilidad de nave.

Brandon, que se ha dormido con la cabeza derrumbada sobre el pecho, se sobresalta.

—¿Ves?, la poesía lleva directo al carajo —dice Gloria.

Cala le acomoda la cabeza a Brandon, le pasa un dedo por la mejilla de seda.

Salen de la autopista y se encaminan al centro de Florencio Varela. Tienen que atravesar la ciudad y buscar una localidad que se llama Bermejo, después la avenida Bomberos Voluntarios de Güemes. A partir de allí el GPS las abandona, tendrán que preguntar en alguna estación de servicio porque el barrio Santa Julia, como las nuevas barriadas, no figura todavía en los mapas.

El tipo que las atiende en la Shell se queda pensando. No pueden perderse, dice.

—El problema cuando te explican cómo llegar a un lugar —dice Gloria después— es que uno no tiene paciencia para escuchar *toda* la información. Apenas la primera parte.

Eso es lo que suele pasarle a Gloria con su impaciencia, piensa Cala, pero se limita a sonreírle a su amiga.

Aun así, van acertando con el camino. Se desvían por la ruta secundaria que les indicó el de la Shell. Recorren una zona que en el pasado debió ser de quintas, extensiones arboladas que están ahora desiertas y, después de unos cinco kilómetros, llegan a una bifurcación donde el camino se estrecha. Aparecen algunas casitas dispersas, un caballo en un potrero, una pick-up ruinosa cargada con tambores azules, un perro viejo y lanudo que les ladra con furia y, unos metros más adelante, por fin, un cartel que anuncia "Santa Julia". A su lado un estandarte con la leyenda: "1000 casas entregadas".

Gloria y Cala se miran: Tenemos apenas mil oportunidades de encontrar a la señora Matilde, dice Gloria.

Wachiturro

Las calles son de tierra y el Peugeot avanza con lentitud tratando de evitar los baches. El conjunto es regular y monocromático como una maqueta: casitas simples terminadas con material sin pintar, con techos a dos aguas y una galería alrededor que remata en un fondo. Están divididas por alambrados. Hay ropa tendida flameando en el viento. Es la única señal de vida. No se ven chicos, ni bicicletas, no se ven motos, ni autos circulando. Los árboles de las veredas son escuálidos y tan secos que se asimilan a los postes de alumbrado. Por fin encuentran un cartel que dice: Calle Colombia.

—Parece un pueblo fantasma.

Un perro negro aparece corriendo detrás del auto. Una cuadra más adelante, se suman doz cuzcos de ladrido penetrante.

Entonces ven a la mujer sentada en la puerta de su casa. Acercan el auto y bajan la ventanilla.

En la entrada hay un perchero con ropa. Y también hay ropa en perchas colgadas de clavos de la pared y de las ventanas. Son jeans, camperas, buzos y pantalones deportivos. La mujer es de mediana edad, de piel oscura y pómulos altos, tiene una cierta belleza, pero reseca y abandonada como los árboles del camino. Está junto a una mesita de chapa donde tiene una pava y un mate.

—Buenas.

—Buenas, ¿buscan ropa? —("yopa" dice, arrastrando la palabra).

Le explican que no, que no es ropa lo que buscan, sino a una persona. A Matilde Payo. ¿La conoce ella?

No, no la conoce. Es muy grande acá, dice, hay más de mil familias. Hay un centro comunitario, sí, pero está abierto sólo de mañana. Pregunte en la salita, capaz que ellos la conocen. O mejor vaya aquí a dos cuadras, hasta lo de Choli, ella sabe tratar a muchos aquí. Cuando vean el santuario del Gauchito, es justo ahí. Dígale que va de parte de Nélida. ¿Seguro que no quieren probarse nada? Tengo mejores precios que en La Salada, dice.

Cala y Gloria se despiden de Nélida y avanzan hacia lo de Choli. A la derecha, sobre la cuneta, ven un santuario rústico levantado con unos pocos ladrillos: adentro hay un gauchito de cerámica con collares y velas, unas flores marchitas, algunas botellas y vasos vacíos. Justo enfrente ven en un zaguán a un chico de no más de diez años que ensaya unos pasos de baile.

—Así se mueven los wachiturros —dice Gloria, lo sabe por sus sobrinos.

Cala se baja del auto y golpea las manos. La puerta está entornada y de adentro viene una música cumbiera.

—Vengo de parte de Nélida —se anuncia Cala.

—Pase, pase —le dice desde adentro una voz de mujer.

Cala entra en un cuarto con poca luz separado de la cocina por una mesa como de panadería. Hay humo y un olor intenso a fritura. Choli está inclinada sobre una sartén. Se limpia en el delantal una mano y le estira una muñeca a modo de saludo.

—¿Quiere un buñuelito? —le dice amistosa.

—Bueno, le voy a aceptar uno —dice Cala.

Quince minutos después vuelve al auto donde Gloria la espera con Brandon en las rodillas.

—No la conoce a Matilde, pero me enteré de unas cuantas cosas.

Hay que caminar veinte cuadras para tomar un colectivo, porque no entran al barrio. No hay centro comercial y la escuela está en construcción. Sólo hay guardería.

—¿Todo eso te contó?

—Más todavía: a ella le adjudicaron enseguida porque tiene un hijo que se lo atropelló el tren. Por ahora no hay demasiado paco. Y hay tres iglesias de los evangelistas.

—Se nota que sos una buena periodista —dice Gloria.

—Además, me comí dos buñuelos.

—Eso también se nota, tenés olor a fritanga. ¿Entonces qué hacemos?

—La salita, y después las iglesias —dice Cala, que se acomoda en el asiento de atrás con Brandon a upa.

El dispensario queda a unas cinco cuadras, frente a un espacio pelado donde se ven bolsas de basura acumuladas y un par de arcos clavados en los extremos. La salita se reconoce enseguida porque hay una cruz roja en la puerta y afiches con calendarios de vacunación y consejos para evitar el sida.

Tocan el timbre. Después de unos minutos las atiende una chica embarazada que no debe tener más de quince años. Viene recogiéndose el pelo y arreglándose la ropa, como si la hubieran despertado de la siesta. Ella no sabe nada, ni siquiera es enfermera, dice. Cuida el lugar y lo asiste al médico que va dos mañanas por semana. ¿Y la gente cómo se las arregla?, pregunta Cala. Para los partos está la señora de Matteoli, dice la chica, y después está la que le dicen la Sabedora, que es medio manosanta. Aquí la gente le tiene mucha fe. Cuando se están yendo, la chica saca de un tacho gigante un puñado de preservativos y se los ofrece. Cualquiera que entra aquí, se tiene que llevar preservativos gratis, les explica.

Gloria guarda los preservativos en la guantera.

—Les tengo más fe a los evangelistas —dice—. Siempre tienen el registro de sus seguidores.

Avanzan ahora hacia la parte sur del barrio, más allá del potrero con los arcos: el módulo de casitas grises se repite idéntico.

En una ventana enrejada hay atados con alambres envases de gaseosas y también latas de cerveza. Cala baja a comprar una Coca-Cola.

El muchacho que atiende el quiosco tiene músculos muy trabajados y un medallón sobre la remera negra. Cala trata de descifrar la imagen: tal vez sea un esqueleto.

—¿Por qué tantas rejas? —pregunta—, el barrio parece tranquilo.

"Parece", le contesta con sorna el muchacho. Le extiende la lata y Cala se queda mirando aquel brazo. No son los tatuajes lo extraño, sino una especie de cresta que le recorre desde el codo hasta la muñeca, como una agalla.

Vuelve inquieta hasta el auto, pero no quiere intranquilizar a Gloria.

Más adelante ven otros carteles en otras ventanas: "destapaciones", "se vende huevos", "hay tira y entraña", "señora teje".

En la casa de "señora teje" se detienen para que Cala le dé una mamadera a Brandon. Hay un hombre viejo que está arreglando una fisura de la pared con cemento. Junto a la entrada, un chico de unos cinco años parece que juega. Pero sus movimientos son reiterativos, circulares.

—Es un chico autista —dice Gloria—. Hace apenas veinte minutos que estamos acá y ya tenemos un chico atropellado por el tren y un autista.

—Cunde la desdicha —dice Cala—, por eso tres iglesias.

Después de darle la mamadera y cambiarlo a Brandon, llegan a la primera iglesia: es una casita como las otras donde han montado una cruz y dos carteleras a los costados de la puerta. En el fondo hay una construcción precaria. Esta vez es Gloria quien baja del auto a investigar.

A los pocos minutos vuelve con cara de derrota.

—Todavía no hay nadie —dice Gloria—. En el fondo vive la dueña, se construyó una piecita para ella y les alquila la casa a los de la iglesia. Tal vez vengan en un rato.

Cala baja del auto con Brandon y deciden caminar hasta la esquina.

El sol está tibio, se ven pasar bandadas de pájaros.

Ven una casa con un enanito de jardín en el zaguán y las paredes pintadas de verde agua.

—Es la primera casa que vemos pintada —dice Gloria.

Pero Cala se ha detenido en la casa vecina a leer un cartel.

—Mirá: "se aplican inyeciones".

—¿Querés ponerte una?

—Muy graciosa. Pero Matilde trabajaba en un geriátrico. Seguro que sabe poner inyecciones.

Cala mira hacia al fondo y ve a una mujer tendiendo ropa. Tiene un jean muy apretado y el pelo corto de un color rojo vivo.

Cuando vuelve con el fuentón vacío, Cala la saluda y le pregunta de lejos.

—¿Usted pone inyecciones?

—Sí, también doy masaje terapéutico. ¿Usted tiene que aplicarse? —pregunta con desconfianza.

Cala le explica que está buscando a Matilde Payo. Que ella cree, le dice, que pone inyecciones, que por eso le tocó el timbre.

Hay otra señora que pone inyecciones, dice la pelirroja, no sabe cómo se llama, pero es sobre la calle Brasil, llegando a las últimas manzanas del barrio.

Cala y Gloria vuelven al auto. Esperan un poco más frente a la iglesia, pero al fin desisten y avanzan hacia el sur hasta la calle Brasil. Van a paso de hombre con el auto, buscando un cartel. Y no tardan en encontrarlo: "Inyecciones. Acompañamiento de abuelos".

A Cala le da un salto el corazón: "acompañamiento de abuelos".

En la entrada hay varias latas con helechos, un trapo de piso como felpudo y la estampita de una virgen pegada en la puerta. Las persianas están bajas.

Cuando Cala y Gloria se acercan a golpear, la puerta se abre sola y salen dos mujeres. Una flaca, desgarbada, y otra más baja, robusta, con los ojos claros.

—Buenas tardes —dice Cala—, ¿acá vive la señora Matilde?

—Sí, ¿quién la busca?

Cala tarda en reaccionar, incrédula.

—¿Matilde Payo?

—Sí, Matilde Payo.

—Ella no me conoce —dice Cala—, vengo de parte de Sabrina.

La mujer sólida se acerca hasta ella y le clava los ojos grises.

Después lo mira a Brandon y le acaricia la cabeza con una mano enorme que casi la cubre por completo.

—Qué hermosura su nene —le dice.

—No es mío…

—Sí que es suyo —le dice la mujer, manteniendo siempre la mano sobre la cabeza de Brandon. No parece un comentario, sino más bien una orden.

La mujer cambia de tono, se vuelve más amable.

—La señora Matilde no anda muy bien. Está mal de los pulmones.

Cala le pregunta si puede hablar con ella, unos minutos aunque sea.

Las dos mujeres se miran, se consultan, vuelven a entrar a la casa y después de un instante le hacen señas para que entre.

Zinko

"Ella no es Payo, Payo es la madre, mi media hermana. Ella es Zinko. Como el número, pero con z y con k. El padre era medio ruso, medio ucraniano era. Un hombre grandote, lindo, pero tomaba. Y donde entra el acohol, entra la desgracia."

La cama ocupa casi toda la pieza, hay una mesa de luz con un pequeño velador y en el suelo una palangana blanca de donde todavía se desprende vapor y olor a eucaliptus. Matilde tiene los ojos cerrados, la cara contraída y una mano que agita mientras habla, como si espantara a una mosca.

"Se terminó yendo él, y mi hermana quedó sola con los pibes. Ni para comer tenían. Por eso la dio a la Sabri. Yo no juzgo. La engatusaron, o se dejó engatusar. Habrá pensado que iba ser mejor. Y se la llevaron, nomás. Mil pesos le dieron."

Mil pesos, repite, moviendo la cabeza. Se queda hundida en algún recuerdo. Después retoma, con la respiración agitada.

"Yo trabajaba en la Capital, hacía tiempo. De esto me fui enterando después. Cuestión que me llegó un día a Lugano la Sabri, toda morada. Le faltaban dos muelas, los pechos marcados de quemaduras de cigarrillos. Se había escapado de la encargada, un día que estaba medio endrogada. Llegó hasta la ruta, porque las tenían en un boliche cerca de la ruta, y de ahí a una estación de servicio. Le habló a un fletero, al hombre le dio pena y me la trajo. La dirección la sabía porque yo con mi hermana me escribía cada tanto. Cada tanto le mandaba algo. Qué más quiere que le diga."

En el silencio se oye el silbido de la respiración de Matilde y, desde la cocina, la voz estridente de un conductor de la tele anunciando al ganador de un sorteo. Cala permanece callada, apoyada contra la pared, con los brazos cruzados con fuerza contra el pecho. No hizo falta que explicara nada. "Yo sabía que usted iba a venir", le había dicho Matilde apenas la vio entrar. Y después empezó a hablarle con impaciencia, como si quisiera entregarle rápido toda la historia y desentenderse de ella.

"Una historia triste como ser pobre y vivir en el pueblo más perdido del Chaco. Al borde nomás del Impenetrable. La gente que la compró la anduvo buscando, se la tenían jurada. Pasaron varios meses, pero la Sabri siempre vivía con miedo. Se tiñó el pelo más clarito, ¿vio? Después ya casi no venía por acá. Supe que estaba embarazada, pero nunca me dijo quién era el padre de la criatura. Cada tanto me hablaba por teléfono, y ahí fue que la mandé de su mamá. La última vez me dijo que estaba ahorrando, que se quería ir del país."

Cala sale de la casa de Matilde. Parece mareada.

Deben ser ya las cuatro de la tarde, pero todavía hay mucha luz.

—Por fin —dice Gloria—. ¿Y?

—No puede ocuparse de Brandon, a duras penas puede respirar. Le dejé todos mis datos, por las dudas…

—¿Pero qué te dijo?

—Volvamos —dice Cala—, y te voy contando.

Cuando retoman la calle Colombia, un viejo Torino con un relámpago azul a un costado cruza desde la esquina y se les viene encima a toda velocidad.

Gloria se aferra al volante asustada y acelera. El conductor les hace señas con la mano para que se detengan. Las adelanta, caracolea y en una maniobra arriesgada las obliga a frenar.

—Es el quiosquero —dice Cala, que ve enseguida la cadena y el medallón.

El muchacho les sonríe y agita un papel.

Gloria baja un poco la ventanilla.

—No se asuste, doña, esto les manda la Sabedora, su teléfono, que cualquier cosa la llamen.

Gloria toma el papel con la mano temblando. Agallas levanta el brazo, las saluda y desaparece como llegó.

—¿Viste su brazo? —pregunta Gloria.

—Es un seguidor de San La Muerte. Se incrustan huesos en el cuerpo.

Impregnación

En la mesa baja del living hay dos tazas de té preparadas, un plato con galletitas y un aroma suave a flores que proviene de un incienso.

Sentada sobre la alfombra, Cala lee algunas páginas de la novela de Julieta. Después de dos encuentros, la protagonista tiene la convicción de que el muchacho arrastra un pasado oscuro que no le quiere revelar.

La duda impregnó todos mis sentidos, subraya Cala.

Después hay un intermedio. La chica tiene que viajar a Córdoba a visitar a su padre enfermo. Pasea por el campo y se habla a sí misma.

Las fragancias de los campos siempre me han susurrado cosas al corazón. Otro subrayado.

Después se detiene a observar un burro que está pastando, y reflexiona sobre el muchacho que la obsesiona.

¿Él será el hombre que el destino me adjudicó?

El burro meneó su peluda cabeza con aire de duda.

Cala rodea con un círculo las dos oraciones. Se arrepiente de estar haciendo ese trabajo. Pero Julieta es tan inocente y bondadosa, y la está ayudando tanto con Brandon. Le debe una explicación.

—Julieta —dice Cala, cuando están las dos sentadas a la mesa—. No sé cómo voy a seguir adelante con Brandon. Se tiene que quedar conmigo unos días más, me gustaría explicarte…

—No me expliques nada —dice Julieta—. Si Brandon llegó hasta aquí es por algo, aunque ahora no lo entendamos. Brandon tiene luz propia, ya te lo dije, lo vamos a cuidar todo el tiempo que vos necesites. Servime un té y explicame los subrayados.

Cala suspira y, mientras sirve dos tazas, le pide que busque la palabra "impregnar" en el diccionario.

Julieta abre el diccionario y pasa las páginas con enorme cuidado, como si fuera un libro antiguo, precioso.

—Impregnación. Impregnar, "Uno: hacer que penetren las partículas de un cuerpo en las de otro, fijándose por afinidades mecánicas o fisicoquímicas. Dos: empapar, mojar algo poroso hasta que no admita más líquido".

—Ves —la interrumpe Cala—, impregnar te lleva a pensar en algo líquido.

—Pero aquí también dice: "Tres: Influir profundamente. Ejemplo: Las ideas revolucionarias impregnaron su espíritu". Las ideas no son líquidas —replica Julieta— y sin embargo impregnan.

—Es un uso metafórico —admite Cala—. Okey, dejalo, que impregne nomás. Pero los susurros, las fragancias, los campos y el corazón, todo en una misma oración es un exceso.

—¿Qué saco? —dice Julieta obediente.

—Probá sin fragancias ni corazón.

—Queda "los campos siempre me han susurrado cosas". Parece que le falta algo, ¿no?

—¿Y si no susurran y en cambio dicen? ¿O hablan? ¿Y si ponés sólo campo en lugar de campos?

—"El campo siempre me ha hablado al corazón", quedaría.

—Eso me gusta más —exclama Cala—. Es más sobrio, ¿ves?

Se arrepiente de su entusiasmo. Quién es ella para hacerle tachar los campos y sus fragancias. ¿Qué derecho tiene? Cala piensa que tal vez Julieta se resienta. Pero ya no puede detenerse.

—Algo más. A un hombre no te lo "adjudican" como si fuera un plasma o un auto comprado en cuotas. Y lo del burro. Estamos entre susurros y fragancias y de pronto un burro menea su peluda cabeza con aire de duda. ¿A vos te parece?

Julieta empieza a reírse.

—¿Ves?, resulta cómico. ¿Vos querés que el lector se ría acá o que se tome en serio las dudas del personaje?

—Yo quiero que ahora —dice ella— aparezca el dueño del burro. Es un viejo amor. Un muchacho que ella conoció de chica en el pueblo. Va a ser el tercero en discordia. Es muy importante un primer amor, ¿no, Cala? ¿Quién fue tu primer amor?

—Se llamaba Peter Morton —dice Cala—, algún día te voy a contar de él. Pero ahora vamos al tuyo, a ver cómo te las arreglás con esa descripción.

—Es un muchacho alto, flaco, morocho.

—Buscale algún detalle. En la forma de caminar, en la cara, en el pelo.

Julieta se queda pensando.

—Ya sé —dice—, en la nuez de Adán. Tiene una nuez de Adán muy salida, a mí eso siempre me pareció varonil.

Cala enmudece.

—¿Qué te pasa, Cala?

—Lo que dijiste me hace acordar a alguien.

Cala vuelve a ver al lavacopas de El vagón de Titi, su nuez de Adán afilada. "El Cuatro", así lo había llamado el gordo sentado junto a la despegadora de afiches que tomaba fernet. Vuelve a ver la cara del Torcido, la advertencia de Sabrina: "¡No lo mire!". ¿Por qué no había que mirarlo? ¿Habría alguna relación entre ellos? Porque parece verosímil ahora, después de la visita a Matilde Payo, que a Sabrina la hayan secuestrado los mismos que se la llevaron la primera vez. ¿Pero cuándo? ¿El día de su encuentro en El vagón de Titi? Sería una casualidad asombrosa. Tal vez ya estaba en manos de los tipos, tal vez el Torcido era un cómplice más y la entrega de Brandon fue algo planeado. Pero no hay más tiempo de sacar conclusiones: en ese momento se oye un lloriqueo desde el cuarto de arriba.

—Parece que por hoy terminamos la clase —dice Cala. Después sube la escalera y se asoma rabiosa al cuarto de Brandon.

—¿Qué pasa, Brandon? —lo increpa—. ¿No ves que no puedo seguir con esto? Yo tengo mi vida, ¿sabés? Tengo que escribir notas para la revista *Ojo*, tengo que ir al Centro de Idiomas a pedir más clases de español, y acompañarla a Sixtina a la fonoaudióloga y al neurólogo y al cardiólogo. Además viene Leo en pocos días, y mañana tengo hora con la doctora Spiller. ¿Qué te parece? Pero claro, vos tenés hambre y yo soy la boluda que te tiene que alimentar.

Cala da vueltas en redondo por el cuartito y Brandon llora cada vez con más convicción.

Lo levanta del futón y mientras baja con él la escalera, en la estrechez y el contacto tibio entre sus cuerpos, los dos se van calmando. Disculpame, Brandon, le dice por fin Cala, y le da un beso en la frente. Después lo lleva a la cocina y lo sienta en su carrito. Abre la lata de leche en polvo y comprueba que se le terminó, así que mete en una cacerola una papa, una batata, un pedazo de zapallo y dos zanahorias. Va a hacer un puré para los dos. Porque Brandon debe tener unos cinco o seis meses, le ha dicho Alma, ya es tiempo de que pruebe alguna papilla. Y una banana pisada con miel.

Comen juntos, una cucharada cada uno. Cala entrecierra los ojos cada vez, también ella es un niño al que alimentan. Sólo que ella es su propia madre. Duda de que Sixtina alguna vez le haya dado de comer en la boca. Desde el principio Cala fue madre de sí misma, después madre fallida y ahora falsa madre de Brandon. Brandon pega primero un eructo largo y después empieza a hipar.

—Qué modales, Brandon —dice Cala—. Hay que asustarte para que se te pase el hipo.

Se pone a bailar y a cantar alrededor de él blandiendo una cuchara:

—Brandon tiene hipo, cataplum, Brandon tiene hipo, cataplum, quién se lo quitará, ajajá, ajajá. Brandon tiene hipo, cataplim. Quién se lo quitará, ajijí ajijí.

La i tiene sobre Brandon un efecto inmediato. Ahora se ríe e hipa alternadamente. Cala se queda seria.

—Brandon —le pregunta—, ¿dónde vivías antes? ¿Dónde estará tu mamá?

A Brandon se le corta el hipo. Cala lo alza y le hace cosquillas en el cuello con la nariz. Brandon lanza las carcajadas más cristalinas que Cala haya escuchado nunca. El teléfono los interrumpe.

Cala atiende con la mano enchastrada de puré.

—Oigo como unos grititos de chico —dice Sixtina.

—No, mamá, es la tele.

—¿Ves que me estoy volviendo sorda? Justamente para eso te llamaba, no te olvides de que mañana tenemos fonoaudióloga. Ah, y llegó un paquete para vos.

—¿Un paquete? ¿Quién lo trajo?

—Parece que un motorista.

—Tal vez sean revistas de la editorial —dice Cala—, pero no veo por qué las iban a mandar a tu casa.

—Decime, ¿vos no me estarás ocultando cosas, no?

—No. Pero por las dudas no abras nada. ¿O ya lo abriste?

—Para eso tendría que encontrar antes las tijeras: tarea quimérica. ¿Sabés quién era Quimera? Hm. Qué vas a saber.

—Como sea, no lo abras. ¿Y Quimera no era la madre de la Esfinge?

—Menos mal. Tan burra no sos —dice Sixtina.

—No, un poco boluda nomás.

—Otra vez los grititos. ¿Seguro que es el aparato infernal?

—Seguro —dice Cala—. Decime, ¿vos alguna vez me diste de comer en la boca?

—¿Yo? Ni loca.

Nefertiti

A las diez tiene dentista. A las doce, marioneta. A las dos de la tarde, fonoaudióloga con Sixtina. Un día cargado. Mejor, piensa Cala, así se olvida por unas cuantas horas de la trampa en la que está metida.

El relleno dental es muy simple, en media hora sale de su dentista: su diente empequeñecido tiene ahora tres milímetros más. Parece muy poco y sin embargo... Sonríe en el espejo del ascensor. A veces es así de poco lo que hay que hacer, piensa, y se siente al borde de alguna revelación importante.

Con ese mismo espíritu positivo entra a su sesión con la doctora Spiller. Tiene que reconocer que ella es encantadora, para nada afectada. Le aclara que la sesión dura diez minutos, que apenas va a sentir los pinchazos. Primero le va a pasar un poco de anestesia por las comisuras. Siente algo helado alrededor de la boca. Ahora voy con los pinchazos. Cala le agradece mentalmente que no haya dicho "pinchacitos". Va uno (uno por mamá), otro (otro por papá), es muy diestra y rápida, apenas se siente la entrada de la aguja, el tercero (¿el tercero por Leo?) y el último (¿por Brandon?). Ya está, vamos ahora al lado izquierdo. ¿Y ahora por quién? Todos por ella.

Spiller le recomienda que se ponga una bolsa de hielo en su casa, tres o cuatro veces por día y que vaya pensando en la conveniencia de Nefertiti. ¿Nefertiti? ¿La real esposa de Akenatón? Sí, le recuerda Spiller, el retoque del óvalo facial con botox, que así se llama.

Cuando sale del consultorio, va caminando por la recova, frente al paredón de Retiro. Entre todas las pintadas, ve una que dice: "Vivir con lo nuestro". Se palpa la cara con culpa. Todavía no puede considerar el hialurónico como algo propio, hay que esperar que se integre a sus tejidos. ¿Qué diría Leo de lo que acaba de hacer? ¿Y de la propuesta de Nefertiti? Imagina su gesto. Una frivolidad imperdonable, estar pensando en una reina egipcia en lugar de mirar nuestra realidad. Eso sí que es tener el cerebro momificado, dejarse ganar por la maquinaria del consumo. Sigue argumentando a solas con Leo, justificándose, cuando casi choca con un hombre que pasa apurado, elegante, de sobretodo azul y *attaché* negro.

—Disculpe —dice ella.

El hombre hace un gesto de compromiso que de pronto se torna en sorpresa.

—¡Cala!

Cala lo mira sin entender. Después, en una vertiginosa recomposición de los efectos del tiempo, se le revela, detrás de esa cara rotunda y lustrosa, de esos ojos encapotados por los párpados, los rasgos jóvenes, angulosos y siempre un poco desafiantes del primer amor de su vida.

—¡Peter!

—¿Qué hacés por acá?

No iba a decirle que venía de rellenarse las comisuras, así que dijo: trámites.

—Qué bien se te ve, qué joven.

Cala se ríe. Hace uno de esos gestos de falsa humildad que hacen las mujeres cuando las halagan.

—En serio, estás radiante.

¡Radiante! La palabra se queda palpitando dentro de ella. Maquinaria del consumo, sí, pero cuánto hace que nadie le dice algo así. Le parece ver la sonrisa cómplice de la Spiller.

Le cuenta rápidamente a Peter que es periodista, que va y viene, que se ocupa de su madre vieja. Él está apurado, pero que le hable le dice, que tomen un café, y le deja una tarjeta: Peter Morton. Y abajo: Ministerio de Seguridad de la Provincia de Buenos Aires.

Otro que se volvió importante, piensa Cala.

—Pero llamame —insiste Peter antes de alejarse—. Hace un año que pienso en verte, desde que volví al país.

Cala recuerda cómo en el colegio, durante un tiempo, le dijeron Pito. El Gallego Martínez le había hablado por teléfono y la madre, una inglesa de acento muy cerrado, lo había llamado: "¡Pitoou! ¡Pitoou!", lo que traducido al entender del Gallego pasó a ser simplemente "Pito". El rumor corrió muy rápido: "en la casa lo llaman Pito" y, desde ese día, Peter pasó a ser Pito. Poco después, el Morton pasó a ser Morto. Así que Pito Morto. Mal pronóstico para primer amor. Pero Peter lavó su honor, como se hacía entonces, a las piñas. También lo lavó con ella, con Cala, en algunos pocos encuentros amorosos, torpes pero apasionados, que marcaron su vida de forma fatal. Si hubieran sabido. Si al menos ella hubiera sabido cómo iba a terminar aquel amor y aquel último año de la secundaria. Pero nadie lo supo hasta que las cosas sucedieron. Y entonces sólo eran ella, y Gloria, y aquel médico siniestro que tenía su consultorio en la calle Gavilán.

Circo cerco cuervo huevo mesa...

La médica se inclina hacia Sixtina con gentileza:

—Ahora vamos a empezar los tests. ¿Está lista?

Ella dice que sí, que está lista.

—Quiero que repita las palabras que le voy a ir diciendo. Ahí vamos.

Se aleja un poco del escritorio, se pone frente a la boca una carpeta, de manera que no se le vea la boca, y empieza a enumerar palabras vocalizando con mucha claridad.

—Postre —dice.

—Poste —repite Sixtina.

—Fuente.

—No le entendí. ¿Cuente? ¿Que cuente qué?

—No importa, aunque usted no entienda —aclara la médica—, seguimos adelante hasta que yo me detenga.

—Pero si usted se pone esa carpeta tapándose la boca, ¿cómo quiere que la entienda?

—El test es así, señora, precisamente para que usted no vea los movimientos de mi boca.

—Qué raro. Es como si yo le tapara a usted los ojos y le preguntara qué ve.

—Bueno, seguimos.

—Toca.

—Coca.

—Puerto.

—Puerto.

—Texto.

—Héctor.

Cala está sentada detrás de su madre, en una banqueta más alta, de manera que le ve la coronilla, las raíces blancas, el hueco que a las mujeres viejas se les hace allí, como una tonsura. En parte, piensa, porque tienen menos pelo y en parte porque no llegan con el peine a una zona tan remota.

Ve también la actitud de su madre, inclinada hacia la médica, alerta.

—Trompo.

—Trompo.

—Baúl.

—Saúl.

—Me está dando un poco de sueño —anuncia la madre, y bosteza.

—Téngame paciencia —pide la médica—, imagínese que un audífono no es un sombrero que uno se pone y se saca y se cambia cuando quiere.

—Yo no uso sombrero —dice Sixtina—. Usaba, pero cuando era muy joven. Y en esa época tenía un oído perfecto. Podía oír un mosquito zumbando en el cuarto de al lado.

—Sí, no sé por qué dije sombrero —admite la fonoaudióloga.

Tal vez porque también va en la cabeza, piensa Cala.

—Quise decir un vestido, una cartera, unos zapatos —corrige—. Un audífono hay que elegirlo con mucha precisión, ¿verdad?

—Tiene razón —dice la madre—, sobre todo si pensamos en los precios.

—Bueno, ¿está lista? Continúo.

—Talco.

—Calco.

—Cordón.

—¿Condón?

—Granja.

—Zanja.

Sigue una larga lista: todas palabras de dos sílabas.

Al cabo de unos minutos, a Cala también le da cierta somnolencia y la impresión inquietante de que todas las cosas se vuelven iguales: *circo cerco cuervo huevo mesa pelo pote placa plaza perro nena nuca nunca mono misa mimo pico poco plomo vaso viso...* Un universo achatado como una cinta, designado por una palabra única.

—Ahora repetimos el mismo mecanismo, pero usted me va a ver los labios.

Y recomienza con la cinta de Moebius.

—¿Ve? —dice la médica, cuando termina la serie—. Ahora su nivel de comprensión aumentó notablemente. Sólo se equivocó dos veces.

—¿Dónde me equivoqué?

—En la palabra "pata".

—Yo le dije pata.

—No, usted me dijo "bata".

—Bueno, la pe y la be se parecen mucho y si usted pronuncia en voz baja —se defiende.

La madre gira hacia Cala buscando complicidad, pero Cala mira hacia otro lado.

Después vuelve a la carga:

—¿Y en qué otra me equivoqué? ¿A ver?

—En la palabra "áspid": usted dijo Astrid.

—Áspid —repite Sixtina incrédula—. Qué rebuscado, ¿no? ¿Cuándo se usa la palabra áspid? ¿Quién hace esas listas? ¿Cleopatra?

—Parecen caprichosas —dice la médica con paciencia—, pero no lo son. Nosotros seguimos un protocolo: tonos puros, fonemas, vocablos y, por último, lenguaje.

—Pero las palabras —interviene Cala—, ¿usted las va inventando o son siempre las mismas?

—¡Son las mismas! —contesta ella un poco escandalizada—. Son palabras elegidas de acuerdo con sus cargas fonéticas.

—¿Y se las sabe de memoria?

—Hace treinta años que hago esto —dice ella con una sonrisa fugaz.

Cala se calla, avergonzada. ¡Treinta años repitiendo ese rosario! Ella tiene sus propias palabras que la atormentan. Pero no son tantas ni la persiguen desde hace treinta años.

Recuerda la serie americana que vio en el verano, antes de la aparición de Brandon. Era sobre médicos en un hospital y se regodeaba con los casos más estrafalarios: desde pasajeros ensartados por barras de acero en un accidente de tren hasta un espécimen de pez tropical que se alojaba dentro del pene de un hombre. En medio de la carnicería, se mantenía incólume la idealización médica, la misión sublime de salvar vidas. Sin llegar a tanto, cualquier estudiante de medicina habrá tenido sus aspiraciones. Cala mira a la médica con atención: tendrá sesenta años, una cara agradable que no llega a ser atractiva, como si una posible belleza se hubiera detenido en ella apenas un instante. Así que todos esos años alimentando el fuego sagrado para terminar arrastrando cadenas de palabras. La palabra chorizo, concluye Cala, carga con treinta años de pulido de las ilusiones. Una vez que se fueran su madre y ella, entraría al consultorio otro viejo con su sordera, su malhumor, su terror, y la fonoaudióloga, como Sísifo, otra vez *circo cerco cuervo huevo mesa pelo pote placa plaza perro nena nuca nunca mono misa mimo pico poco plomo vaso viso...*

—Ahora vamos a una nueva lista, pero con sonido de fondo, a ver cuánto escucha.

—Un momentito —la frena Sixtina mientras la médica enciende la radio—. Me imagino que usted sabe la diferencia entre oír y escuchar, ¿no?

—Perdón —interrumpe Cala, que ya está alcanzando su propio punto de saturación—. ¿Puedo pasar al baño?

La médica le abre la puerta y le indica un pasillo.

Aprovecha el instante para hacerle unos gestos significativos que la médica devuelve.

Un diálogo sin palabras, lleno de comprensión mutua.

El baño es blanco, impoluto, y hay olor a lavanda. Sobre el lavatorio un enorme espejo ovalado y un pequeño espejo de aumento incrustado en el centro, con una luz potente. Cala aprovecha para hacerse una inspección severa: el efecto del hialurónico es notable, aunque sólo lo registre ella. De todas maneras, nuevas arrugas han ganado nuevos terrenos.

Cuando vuelve a entrar en el consultorio, la madre gira hacia Cala y da un golpe en el suelo con el bastón.

—¡Me están tomando examen! ¡A mis años! ¿Quién es ella para tomarme examen a mí?

Ahora encara a la médica.

—¿Usted sabe en qué año murió Nabucodonosor? ¿Y cuáles fueron las últimas dinastías chinas?

¿Sabe en qué año fue la revolución de la comuna francesa? ¿Y en cuánto tiempo se construyó la columnata de Bernini?

—No lo tome así —dice la médica, persistiendo en su gentileza—. Vamos a dejar las cosas acá. Le coloco este audífono en el oído derecho y ustedes se van. Hacen un paseo o se toman un café y lo prueban. Después me lo traen de vuelta, o me lo trae su hija, y concertamos una segunda cita, si les parece.

Salen a la calle y caminan hasta un café Martínez que está a media cuadra.

El lugar está bastante lleno y ruidoso.

Sixtina va callada, ofendida con la médica, con Cala y con el chico que se acerca a tomarles el pedido.

—Yo quiero un cortado pero sin espuma. ¿Me puede decir por qué en todas partes tienen la manía de la espuma?

El chico, que no está preparado para el ataque, retrocede un paso.

—Muy bien —dice—, ¿y algo más?

Sixtina se pone el menú frente a la boca y le dice en voz baja:

—Tráigame un tostado en pan árabe de jamón, queso y tomate.

—Disculpe —dice el chico—, no la escuché.

—No me "oíste" —corrige la madre.

Cala interviene. Repite el pedido con cordialidad exagerada.

Después de unos minutos, cuando les traen el café, Sixtina llega a su conclusión.

—No me sirve para nada esta porquería, oigo exactamente igual con el aparatito que sin.

Se lo arranca con un gesto brusco y el audífono se cae.

Cala busca sobre la mesa, corre las tazas, el cenicero, el azucarero, pero no está allí.

—Mierda con la maldad de los objetos —dice la madre—, ¿a dónde fue a parar?

Cala se levanta, corre la silla y se agacha para inspeccionar el piso. Nada.

Cuando vuelve a sentarse, Sixtina está extrayendo el adminículo con una cucharita del fondo de su taza.

—Ahí tenés la prueba definitiva. Némesis nos manda un mensaje.

—Claro —dice Cala—, Némesis va a pagar los dos mil dólares que cuesta el audífono.

Sixtina lo pone sobre la mesa, esta vez con mucho cuidado, y lo seca con una servilleta. Después lo huele y por último se lo entrega.

—Andá a llevárselo. No me sirve.

Cala aprieta el audífono en la mano y tiene la sensación de que es algo vivo, un órgano palpitante como los que los médicos de la serie americana trasplantaban de un cuerpo a otro.

—Ahora no creo que le sirva a nadie —dice Cala en voz baja, tratando de contener algo que no es ni rabia ni tristeza.

—¿Cómo? —dice Sixtina.

—¡A nadie! —repite Cala.

—Te equivocás. Yo no estoy haciendo alarde —contesta ella—. No lo necesito.

Guiñapo

Van en el ascensor, subiendo al departamento de Sixtina.

—¿Sabés a quién me encontré ayer? —dice Cala para cambiar de tema—, a Peter Morton. —En el pequeño espacio de la cabina, Sixtina oye muy bien.

—Ah, sí, ese chico me gustaba para vos. Pero de un día al otro dejaste de atenderlo. ¿Y qué hace ahora?

—Cosas importantes para el Gobierno de la provincia. Quedamos en tomar un café. Lo increíble es que hoy a la mañana me llamaron de la revista para que escriba una nota sobre "El primer amor".

—Será por uno de esos días ridículos que inventaron los yanquis.

—¿San Valentín? No, eso es en febrero. Pero todos los meses tiene que ir alguna nota sobre el amor.

—Hay una novela de Beckett —dice Sixtina—. Leéla. Aunque vos…

Ya en su cuarto, la madre se abandona sobre la cama.

—Soy un despojo —dice—. Un guiñapo.

Sin sacarse el tapado, Cala va a la cocina a buscar su paquete. Trata de no detenerse en los detalles de suciedad y desorden que se esparcen por toda la mesada y lo ve enseguida sobre la heladera. Es una caja de cartón, pero no parece que contenga revistas. Cala la abre con un cuchillo.

—¿Qué te mandaron? —pregunta Sixtina desde su cuarto.

Cala enmudece. Hay seis latas de leche en polvo maternizada D26.

Tres latas de etiqueta verde, descremada, y tres latas de etiqueta roja "Recomendada a partir del año". Entre las latas, una hoja de papel doblada. Cala la abre: es una cartita de Sabrina, escrita con lápiz, y un billete de cien pesos.

—¿Y? —pregunta Sixtina.

—Es una promoción, mamá: leches en polvo.

—No te oigo.

Cala guarda el dinero y la carta de Sabrina en un bolsillo del tapado, mete en una bolsa de papel todas las latas que puede: tres leches verdes y dos rojas.

Le explica a Sixtina que tiene que escribir una nota sobre las leches maternizadas y la lactancia natural.

—¿A vos te piden eso? ¿Y vos qué sabés de maternidad?

Querida Carla —lee Cala en el ascensor— *las leches verdes son para El Brandon las rojas son para despues guardamelas es importante mira que todo lo que hago es por el bien de el voy a tratar de llamarte a ver si las resibiste te mando de tu mamá porque no se tu direcion una vez me dijiste parque chas*
Gracias Carla gracias rezo todos los dias para que me banques que si el cielo existe vos te lo mereces

¿Cómo es que Sabrina puede mandarle mensajes y paquetes? ¿Y los golpes y las quemaduras de cigarrillo? ¿Cómo hace ahora para zafar de semejante mafia? ¿Será todo mérito del pibe que la ayuda?

Cuando llega a su casa, ordena las cinco latas en fila en el techo de la alacena.

Mientras lo hace, parada sobre el banco de la cocina, Brandon está en su carrito y lloriquea. Si te mandó tantas latas, le dice Cala con un enojo súbito, es porque todavía no piensa aparecer. ¡Tengo que hacer ya mismo una consulta con Magnelli!, le dice blandiendo un dedo ridículo. No puede seguir manejando este tema sólo con Gloria y una remota asistente social, piensa.

Brandon tuerce la boca y empieza a llorar más fuerte. Cala lo levanta. Pobre, vos qué culpa tenés, le dice, y se balancea hacia atrás y adelante, un poco a los saltitos, con esos saberes que le deben llegar desde tiempos inmemoriales, y se asombra de su docilidad, una marioneta de la especie, piensa, mientras sigue con el balanceo y le agrega ahora un *mmm mmm* vibrante que también a ella la arrulla y siente la cabeza perfumada y torpe de Brandon que le da golpecitos contra el pecho, justo a la altura del corazón. Después lo lleva con ella y se sientan frente a la computadora: a Brandon —según ha comprobado— la luminosidad de la pantalla lo mantiene absorto y le despierta unos sonidos admirativos bien distintos de los habituales.

Cala cliquea en los mails y encuentra un mensaje de Leo: que su viaje se retrasa, tiene que ir primero a México, a Guatemala y a Honduras. Será una cuestión de quince o veinte días más.

El resto de la tarde Cala arrastra la decepción. Brandon, que siempre la mira con curiosidad, esta vez, le parece, la mira preocupado. Sus largos ddddhaaa, aggghhh, babababaa parecen contener ahora una entonación indagadora. ¿Estará entrando en la misma chifladura de Julieta? ¿Como va a estar Brandon preocupado por ella? ¿Acaso cree que es un pequeño Buda lleno de sabiduría y luz? Sin embargo, Brandon es diferente de los bebés que ella ha conocido. (Carola, la hija de Gloria, era insoportable cuando era un bebé, venía con la misma carga hiperactiva que su madre.) Brandon está siempre sereno y de buen humor. No le tiene miedo a Pascualina, y ella lo ha aceptado como una continuidad natural de su universo. Muy raras veces llora, y cuando lo hace es porque tiene hambre o quiere que lo cambien. Se queda en el lugar donde lo dejan con los juguetes que le dan. O se entretiene con su propio cuerpo, un artefacto lleno de sorpresas. Cala se inclina sobre él y mientras lo cambia mira con atención sus manitos, sus muslos regordetes, su espalda, sus hombros, sus pies. Cada parte de su cuerpo le provoca una rendida ternura, una floración completa del instinto. ¿Es la frescura de la carne? ¿Lo pequeño que promete desplegarse día a día ante nuestros ojos? (La fascinación de la miniatura, el borde de perversidad de lo liliputiense, anota Cala en su cuaderno mental.) ¿Ésa es entonces la más cruel de las trampas? ¿Su promesa, su deleite?

Vuelve a inclinarse sobre Brandon, toma uno de sus pies.

—Este pie, Brandon, es una provocación. ¡Estos cinco frutitos! —dice Cala, y le da un tirón minúsculo en cada dedo—. ¿Sabés en qué se transforma esta maravilla? No te gustaría saberlo —dice Cala, y recuerda los pies de su madre. El día en que la había encontrado con los pies ensangrentados, obra de un pedicuro. Era de la UBA y me cobró doscientos pesos, repetía Sixtina. Poco dinero para enfrentar los pies de su madre.

Un fenómeno de dedos superpuestos y de uñas creci-
das en capas espesas que han perdido hace mucho la
forma de uña y son más bien acumulaciones informes
de material córneo. Meterse a podar allí debía ser una
tarea azarosa.

Improntas

Cala pasa en limpio los apuntes de su cuaderno. Lo hace mecánicamente y consigue abstraerse, olvidarse por unas horas de Sabrina, de sus mensajes angustiosos, del inesperado paquete con leches que acaba de recibir, de las decisiones que no puede seguir postergando...

Tiene una nota empezada sobre las tiendas de barrio y sus nombres. Perfumerías, mercerías y peluquerías tienden a llamarse por los nombres de sus dueñas. Son tiendas que se ofrecen como amigas: Alisú, Marité, Noemí, Rosita, Jossy. Carnicerías, verdulerías y despensas se inclinan por la cruza de los nombre de los hijos: DaniCar, MarJuan, etcétera. Las ferreterías llevan el apellido de sus dueños: Freire, López; muchas panaderías o confiterías arrastran nombres del ideal político de principios del siglo xx: Las Familias, El Progreso. Y después están los hiperbólicos: Bazar Los Titanes, Confitería La Imperial, Zapatillería Las mil leguas. Un optimismo sin límites.

Pero la revista quiere ahora Primer Amor. Justo cuando se ha encontrado con Morton y Leo posterga su viaje. No tiene muchas ganas de pensar en el primer amor, es como pensar en el último. Relee sin embargo algunas escenas amorosas que tiene registradas para usar alguna vez.

Escena 1:

Argentina juega en la Copa América. Muy poca gente en la calle. Una señora en ruleros, sentada en un banquito, riega el cantero de su vereda. Una chica con una mochila anaranjada fotografía un gomero de enormes raíces. Un hombre en la puerta de su garaje lustra un auto mientras silba "Tinta roja". ¿Qué tienen en común? Parecen puestos allí como para representar una obra de teatro: los que no están viendo el partido. Recostados contra una pared, un chico y una chica se besan. Ella es muy joven, apenas catorce o quince años; él un poco más. Hay en ellos timidez, y dedicación, tal vez sea su primer beso. Da pudor sorprender algo tan íntimo. Por más que cambien las costumbres sexuales, el primer beso debe conservar la magia, ese vértigo de dicha y de miedo. Es "imposible que por encima de un beso de amor no se produzca un estremecimiento en el inmenso misterio de las estrellas" (Victor Hugo *dixit*). Día inolvidable para esta pareja: el día en que Argentina jugaba contra Tal, unos minutos antes del gol de Tal. Una circunstancia extraordinaria para enmarcar un recuerdo extraordinario.

Mi primer beso, ha agregado Cala en sus apuntes, fue en un muelle, frente al río.

Otros primeros besos, otros escenarios. Elena: el 20 de julio de 1969, el mismísimo día en que Neil Armstrong ponía los pies sobre la Luna; Amparo: en una visita al Museo del Prado, un poco rezagados, mientras sus padres y el resto del grupo contemplaban Las Meninas; otra, en una manifestación estudiantil: ocultos en un zaguán mientras la policía tiraba gases lacrimógenos; otro primer beso, entre dos primos precoces y acrobáticos, en la copa de un árbol. Después se suceden los más corrientes: besos en escaleras, taxis, bancos de plaza, botes, picnics del Día del Estudiante, plateas de cine, baños y otros lugares solitarios y/u oscuros.

Escena 2:

Una chica contemporánea en el subte: borcegos, minifalda, remera muy cavada en los hombros, breteles rojos de corpiño a la vista, pelo negro intenso con mechón naranja. Va hablando por el celu y de pronto se le desprende un bretel que queda colgando sobre su espalda. A su lado, un hombre joven, de aspecto más sencillo pero también de *look* peculiar en el pelo: pelada amplia pero rodeada de una melena fuerte y encrespada que le llega hasta los hombros. Los dos resaltan entre sus compañeros de asiento, más grises y cansados. La chica, sin abandonar el celu, con la mano libre, intenta calzarse el bretel en el ganchito del corpiño. Tarea casi imposible, como cualquier mujer comprenderá. Su vecino la observa hasta que, cansado de ver tanta contorsión inútil, entra en acción: agarra el bretel. Ella apenas se sobresalta y sigue hablando por teléfono. Él, con extrema concentración, se pone a rebuscar por debajo de la remera de ella. Se ve que al fin encuentra el ganchito y calza allí la presilla del bretel rebelde. La chica gira hacia él y le dice "gracias". Además de parientes de rareza capilar, estos dos son amigos o pareja o algo así. Conjetura. Sin embargo, cada uno sigue en lo suyo, él escuchando su música y ella, que ya ha terminado de hablar, con la mirada errante en la distancia con una semisonrisa en los labios. Dos estaciones más adelante, él se baja sin mirarla.

Escena 3, también en el subte:

Dos chicos adolescentes se hacen arrumacos y se hablan al oído totalmente ajenos al entorno. Pueden estar en una playa del Caribe o en medio de un basural, les da igual. Inevitables, aparecen los pensamientos remanidos, ah, la juventud, ah, el amor… A fuerza de mirar, veo cómo él le arranca un pelo a ella (rubio largo) y después se arranca un pelo propio (negro, bastante largo). Con enorme cuidado (y la visión de lince de la juventud) pone los dos pelos juntos y les hace un nudo, después los besa y los pone dentro del bolsillo interno de su saco, del lado del corazón. ¿Nota de rituales amorosos? ¿De gualichos? ¿Folletos de "amarro pareja en sólo 72 horas"?

Algo de todo eso le va a servir. Recuerda también alguna teoría que leyó sobre el primer amor: todos los que vendrán después serán un intento fallido de repetir aquella impronta única. Se sienta a la computadora y pone como título: Improntas de amor. Intenta escribir, pero no puede concentrarse. Su celular suena y corre a buscarlo. Esta vez consigue atenderlo antes de que corten. Pero del otro lado de la línea no hay nadie.

—¡Hola, hola! —grita Cala.

Se escucha a lo lejos la sirena de una ambulancia que va aumentando de volumen.

—¿Carla?

—¿Sabrina? Te oigo muy mal. ¿Y esa ambulancia? ¿Qué está pasando?

Sabrina le habla en voz muy baja, como si tuviera miedo de que alguien la escuchara.

—Son de un hospital, están toda la noche… esperame Carla…

Sabrina desaparece, se oyen sonidos apagados, como si hubieran tapado el teléfono con algo acolchado, pero a los pocos segundos vuelve su voz, más agitada y susurrante.

—¿Cómo está el Brandon? ¿Te llegó la leche?

—Sí, me llegó y Brandon está bien, ¿pero vos…?

—Tengo que cortar Cala, si nos agarran… aguantame unos días más… por favor… te lo pido…

Otra vez la ambulancia de fondo y clac, la comunicación se corta.

Cala intenta rastrear el llamado: número desconocido, dice su pantalla.

¿Cuántos días más va a esperar?

Botón gástrico

—Las máquinas son diabólicas —dice Sixtina en el teléfono—. Toqué todos los botones y no conseguí que arrancara.

—¿Y Modesta tampoco pudo?

Modesta es la mujer del portero que ha aceptado ir cada tanto a ayudarla a Sixtina. Es silenciosa y también un poco sorda.

—Tampoco. Además me parece que la manguera se zafó. ¿Sabés qué pensé? Vendo el departamento y me voy a vivir al Plaza.

—Te va a alcanzar para pocos días.

Sixtina como si nada.

—Y hablando de mangueras y de botones —dice—, la pobre Lala está como el lavarropas.

—¿Qué le pasó?

—Le sacaron la sonda.

—Una buena noticia.

—Buenísima: ahora tiene un botón gástrico.

Cala corta espantada.

Se pone a ordenar su cuarto, dobla ropa y la deja sobre una silla. Trata de recordar la última vez que su madre le preguntó cómo estaba. Después se agacha a mirar debajo de la cama que ocupa casi todo su cuarto: busca un par de anteojos que no encuentra y una zapatilla que le falta. Mira cerca de los bordes y después hacia el centro oscuro donde nunca llega la aspiradora ni el escobillón, un territorio olvidado que sin embargo está allí cada noche, paralelo y fiel a su cuerpo. Aquel bulto que percibe a lo lejos debe ser su zapatilla perdida: estira la mano y la recupera llena de pelusas y de pelos de Pascualina. La sacude un poco y de golpe la suelta con asco. Adentro le parece ver un polillón de los que invaden su casa en otoño. ¿O es una cucaracha muerta? Cala se sienta en una silla y hunde la cara entre las manos. Y uno vive así, piensa, ignora no sólo los camiones con soldados que se desplazan por el centro de El Salvador y que lo desvelan a Leo, las decenas de muertos diarios del narcotráfico de México, los estudiantes asesinados en Tegucigalpa, uno ignora lo que yace debajo mismo de su cuerpo. Como si le hubieran echado un baldazo de sinsentido, todo se le vuelve ajeno. Cala mira alrededor entre las rendijas de sus dedos. Su cuarto le parece estrecho y despintado, como si le hubiera llovido ceniza por dentro.

Ella está metida allí, como la cucaracha en su zapatilla. En un ataúd un poco más confortable para el tiempo de estar vivo.

¿Y Brandon? ¿Qué es esa agitación constante, esa cabeza desproporcionada que le hace perder el equilibrio? Ella misma, ¿qué cosa es? Una marioneta inflada con ácido hialurónico. ¿Y todo lo demás? Su excursión a Florencio Varela, un empecinamiento inútil. Leo, un amor oxidado. El temple para soportar a su madre, su trabajo de hormiga en la revista, la novela de Julieta que ahora va derivando hacia lo policial (parece que el muchacho está metido con unos boqueteros), todo es risible. Ni siquiera Pascua, que la sigue por la casa cercándola con su ansioso y entregado amor, es inocente. ¿Eso es la vida? Necesita salir, respirar, dar una vuelta a la manza Huir de las cucarachas muertas.

"Salgo", dice Cala en voz alta. Pero "salgo" expresa una acción categórica, un triunfo de la voluntad sobre las cosas. El verbo en presente —le recuerda su profesora de español— debería coexistir con la resolución de quien lo enuncie. Pero su puerta sigue hinchada por la lluvia, de manera que sólo intenta abrirla. Lo que no es simple, menos todavía si lo emprende alguien hundido en el desánimo. El caso es que la puerta se abre a los empujones, con un sonido vibrante de tableteo que le crispa los nervios (pero esta breve lucha se diría que la vigoriza). Al final se abre lo suficiente para que Cala pase. Y también la perra que mete el hocico, desliza el cuerpo en un segundo y se escapa a la calle. Cala sale tras ella y la llama a los gritos. Debe afrontar la vergüenza de ir voceando ese nombre absurdo que le puso Leo. ¡Pascualina, Pascualinaaa! Por suerte no hay gente. Apenas ve pasar un taxi por la calle Atenas y después a un motorista que va mirando los números de la calle como si buscara una dirección. Pascualina corre de árbol en árbol. Ella la va alcanzando pero, cada vez que llega demasiado cerca, la perra se aleja otros cincuenta metros. Después de varias cuadras así, Cala se detiene en una esquina. No puede dejarlo mucho tiempo solo a Brandon. Tampoco puede dejarla suelta a Pascua. Se ilumina: hay que cambiar de táctica. Anteponer la inteligencia. No es Pascualina quien la está sacando de paseo por el barrio. Es ella, Cala, quien la saca. Ella es el amo. Entonces camina despacio, indiferente. Cuando percibe que no la corre más, que ha cruzado incluso de vereda como proponiéndole otro itinerario, Pascua vacila. Cala disimula, sigue su recorrido soberano, se detiene, arranca unas florcitas de un ligustro, las contempla, las huele, y entonces la perra, engañada al fin, cruza la calle, se acerca con docilidad. Cala sigue haciendo su ramito, canturrea, y Pascualina a lo de ella: se pone a husmear el árbol más cercano, descubre vaya a saber qué rastro tierno en aquella corteza, y cuando está así, ensimismada, desentrañando aquel secreto, Cala se acerca con cautela, se agacha, le calza la correa y le pega un tirón. Deja fluir toda la bronca: Pascualina esto, Pascualina aquello y lo de más allá, le dice. Pero el nombre pascual degrada en instantes cualquier resentimiento. Al final corre con ella hacia la casa y un poco se ríe, Cala, y otro poco parece que está a punto de gritar.

Cuando abre la puerta oye el rugido del motorista que se aleja. Gira y ve desaparecer en la esquina el relumbrón de un casco plateado. Siente que ese movimiento no es ajeno a ella. ¿Alguien la está siguiendo? ¿O espiando?

Sube corriendo la escalera y se asoma a su cuarto: los jazmines que ha puesto sobre la mesa desprenden un olor fresco, las cortinas se inflan un poco con la brisa que llega desde la ventana, la cómoda que fue de su abuela se ve pulida, imperturbable, y generosa su cama rodeada de almohadones donde Brandon está haciendo la bicicleta, cada pie agarrado con una mano, con un movimiento vehemente y constante.

El estudiado ejercicio con la perra, la aparición inquietante del motorista, le han devuelto a las cosas su nervio y a ella su costumbre de hacer lo debido. La adversidad acaba de mostrarle su lado bueno. Los próximos pasos a seguir aparecen ante sus ojos como escritos en letras luminosas: primero, pasar por la revista a cobrar; segundo, ir a ver al Torcido, encararlo, preguntarle a quemarropa por Sabrina. Es la única pista que le queda. Tercero…

Chajarí

Cala está sentada en la recepción de la revista. Las puertas se abren y se cierran. Los teléfonos suenan. Las personas pasan apuradas. Se saludan, se hacen algún comentario. Ella está afuera. Ése es su lugar natural, excéntrico. Siente un pinchazo de nostalgia. Recuerda la época en que trabajaba en agencias, ocho, diez horas por día. Soportó jefes más o menos ruines. Horarios más o menos esclavos. Pero vivió también ese tibio consuelo de pertenecer a un sistema. Todos pececitos en la misma pecera. Quejándose por las mismas cosas, detestando a Rosales o a Pérez, urdiendo juntos sus maniobras de triunfo o de seducción, boqueando de ida y de vuelta en los subtes y colectivos para mayor gloria de las horas pico, hasta llegar por fin a casa, a la cueva donde cada cual sorberá la misma sopa instantánea y los mismos programas de TV, girarán al unísono buscando la parte más fresca de la almohada y se dormirán al fin para volver a empezar la misma rutina a la mañana siguiente, sin el privilegio de los peces que no tienen memoria y emprenden la travesía cada vez como si fuera la primera.

Ahora va a contramano de los demás, se ha salido del rebaño y tiene que ir cortando sus hierbas aquí y allá. Deambula por las calles a horas divergentes, se entrega a observaciones minúsculas de una parte minúscula de la ciudad, se regodea en lo que ve, pero al mismo tiempo se queda afuera, renuncia al bienestar animal que borbotea allí adentro, en las oficinas de la revista, y en cualquier oficina de cualquier empresa de Buenos Aires.

La aparición de una secretaria la saca de sus elucubraciones.

Que Florencia está en reunión, le dice, pero ha dejado un sobre para ella. Cala lo abre: un cheque y un pedido de trabajo.

Vuelve a la calle. Ahora tiene que pasar por El vagón de Titi, remontar la aprensión que le provoca la idea, aunque este sentimiento es sólo un poco más de lo mismo, ese empantanamiento de la voluntad del que tiene que arrancarse cada mañana para meterse en el nuevo día. Echarse a la retranca, querría. Pero se impone caminar rápido, a un ritmo constante, como un soldado, porque ese sentido debe tener la marcha disciplinada, alienarse en el ejercicio del cuerpo —un-dos-un-dos-un-dos-un— hasta borrar los pensamientos y borrarse de uno mismo.

Y así va, adelantando a la gente que camina más lentamente, algunos con un ritmo enervante, por el medio de la vereda, indiferentes al apuro de los otros, opas frente a una vidriera o algún pensamiento banal que atraviesa por sus cabezas; ella los va sorteando como si estuviera en un campo de fútbol pero, de pronto, un chico joven se le empareja. No es una presencia amenazante, pero Cala se apura para romper esa especie de hermandad incómoda y hasta vergonzosa fundada en la mínima coincidencia del ritmo, ir pisando las mismas baldosas a un mismo tiempo.

Por fin el chico cruza la calle y ella afloja la marcha. Está a una cuadra de El vagón de Titi. ¿Cómo va a encararlo al Torcido? No tiene que explicar toda la historia de Brandon. Sólo preguntar por Sabrina. Tal vez pueda decir que le tiene que pagar una parte de su sueldo, que ella se fue sin terminar de cobrar. ¿Será mejor hablar con el que llaman el Cuatro, el ayudante de la nuez afilada?

Se detiene a mirar una cabina telefónica. Sólo quedan dos "Rubia golosa tipo play boy s/globito". Cala los arranca y se los guarda en la billetera. Los folletos de oferta sexual han sido reemplazados por otros: Somos especialistas en matar, dicen. Y abajo, en letra más chica: ratas, murciélagos, cucarachas y todo tipo de plagas. Debería llamarlos para no encontrar más cucarachas dentro de sus zapatos.

Frente a la cabina hay un local difícil de identificar. "Feria americana-Centro cultural", dice en un letrero tras la vitrina. Entra para ver qué venden. Hay un perchero con ropa, una hilera de zapatos tristes, algunos objetos dispersos de decoración sobre una mesa (un espejo, un velador, un juego de té, dos candelabros), contra la pared unos anaqueles con libros medio despanzurrados. Lee algunos títulos: *La buena tierra*, *El casamiento de Laucha*, *Colmillo Blanco*, *La cocina económica actual*, *Reglamento del truco y otros juegos*, *Puericultura para jóvenes mamás*. Sobre una cartulina rosa pinchada con chinches se lee: Biblioteca circulante. Y al lado, en otra cartulina más grande, pegada y repegada con cinta scotch:

Merendero: martes 16 hs
Ayuda escolar: consultar aquí
Cineclub: viernes 20 hs
Charla-debate: sábados 19 hs

Una rubia oxigenada se le acerca. La cara es armónica, hasta que sonríe. Tiene los dientes oscuros, carcomidos, pero de sus ojos emana una calma que Cala recibe con gratitud. Le pregunta si busca algún libro en especial. Cala le pregunta si la biblioteca circulante circula de verdad. Muy poquito, le dice ella, pero se ilusiona, "con el tiempo…", dice. Después le explica el origen del lugar. ¿Se acuerda de las Asambleas barriales, las que aparecieron en la época de De la Rúa y los cacerolazos? De esa época quedó el local que se fue destinando a distintas actividades, ahora hacen un poco de todo: guardería infantil, cineclub, biblioteca, sala de reuniones vecinales. Rezagos del país. Como los remiendos de las veredas. Cala compra el libro de puericultura a tres pesos con cincuenta. Que vuelva cuando quiera, le dice la rubia y que su nombre es Adelma.

Cala avanza por fin hasta El vagón de Titi.

Son cerca de las tres de la tarde pero el local está bastante activo. Hay gente sentada en la barra y varias mesas ocupadas. En una de ellas, Cala reconoce al mendigo del tapado de piel. Está canturreando algo que escucha por los auriculares de un MP3.

En el fondo, secando vasos con energía, con la camisa arremangada, está el Cuatro. Cuando la ve entrar, se detiene y la mira. ¿Hay reconocimiento en esa mirada o pura indiferencia? Cala siente una oleada de miedo que arranca en su garganta y se desplaza después por toda su columna. Se acerca hasta el mostrador y apoya las dos manos sobre él en un gesto que quiere ser de dominio, pero que le sirve en realidad para afirmarse sobre las piernas inseguras.

—¿Está su patrón? —pregunta.

—Salió a hacer una diligencia —dice el Cuatro—, pero ha de estar por volver.

Mientras habla, la nuez afilada, como una guillo-
tina, sube y baja por su garganta.

—¿La puedo ayudar en algo?

—Bueno —dice Cala—, no sé, la estoy buscando
a Sabrina. —Se asusta de su propia voz mencio-
nándola.

El Cuatro le devuelve un gesto ambiguo, mitad
sonrisa burlona, mitad pregunta.

—¿Y quién es Sabrina?

—La chica que estaba conmigo la otra vez, hace
unos diez días más o menos.

—Desconozco —dice el Cuatro—. Mejor lo espera al patrón.

Entonces se vuelve hacia la parrilla y parece que
da la conversación por terminada.Pero de pronto gira,
como si se hubiera olvidado de algo, y le pregunta:

—¿Ella le robó?

Cala está por contestarle pero en ese momento ve
al Torcido que entra. Viene balanceando un llavero
y silbando con el regodeo de quien pisa firme en su
territorio.

—Ahí lo tiene —dice el Cuatro. Y a Cala le parece que hay una nota de resentimiento en su voz. En ese
instante de vacilación no ve cómo, detrás del Torcido, entra también un motorista con el casco encajado
hasta los hombros.

—¡Chajarí! —lo increpa.

Apenas el Torcido da vuelta la cabeza, Cala ve el
arma en la mano enguantada del hombre y después,
en fragmentos de un tiempo distorsionado, los balazos que descarga, con un sonido de explosión mezqui-
no como de cohete de feria, y la coreografía grotesca
del Torcido que levanta los brazos, como si fuera a

atajar los tiros en el aire, y completa el giro, se enreda en sus piernas y se desploma contra el suelo. El Cuatro corre hacia él para socorrerlo. El motorista retrocede y se aleja, apunta otra vez sobre su hombro, un poco al voleo, otra explosión, y Cala siente un dolor agudo en un pie, se tira al piso y espera petrificada el próximo impacto, atravesada por la conciencia de que va a morir de esa manera absurda, no del corazón como pensó siempre, de un romántico infarto masivo, sino ya mismo, en medio de un tiroteo de la peor calaña, furiosa porque ¿quién se va a ocupar de Brandon y de Sixtina?, no puede pasarle esto ahora, no debería. Cala vibra de inútil rebeldía y se le hace vívido un recuerdo con Leo, los dos tirados en la arena, junto al mar, queriéndose, un momento amoroso y perfecto que se presenta ahora como la antesala de la muerte violenta. Pero en forma inmediata, o simultánea, o en alguna fisura del tiempo —los instantes se estiran, se superponen o desaparecen sin control—, un rincón de su conciencia percibe que lo que fuera que pasó allí, interrumpiendo la lógica aletargada de la rutina, acaba de terminar, y entonces, en el hueco de silencio que han dejado las explosiones, oye la voz de alguien que putea —"la concha de tu madre, me diste hijo de puta"— y se retuerce en el piso: es el Cuatro que por lo tanto no está muerto, y tampoco ella que, ovillada contra el piso, junto a otros cuerpos, ve todas sus cosas desparramadas y el tobillo que le sangra donde algún objeto punzante, como una esquirla, ha venido a pegarle; "¿La ayudo, señora?", interviene ahora otra voz, es el mendigo, muy cerca de ella, que se arrastra gateando de una manera cómica para el dramatismo de la escena, y le alcanza su cuaderno de apuntes, el peine, los anteojos, la birome, las llaves, sus *pertenencias*, que ella vuelve a guardar de cualquier manera, y consigue al fin incorporarse con un temblor que le recorre todo el cuerpo pero que no le impide retroceder primero y después correr hacia afuera —mientras el local se empieza a llenar de gente y de gritos—, agarrando bien fuerte la cartera y apretándola contra su pecho como un escudo.

Chalana

Son las siete de la mañana y el cielo está verdoso. No ha pasado ni un día desde que salió huyendo de El vagón de Titi. Cala, en camisón, con el cuello y los brazos agarrotados de cansancio, observa cada tanto la venda que se puso en el tobillo. No porque le duela o le sangre —se ha hecho un cortecito de nada—, sino más bien para comprobar la realidad de las cosas. Y por si le queda alguna sombra de duda, allí está, sobre su cómoda, aquel objeto que la espanta y que fue a dar a su cartera: ¡el llavero del Torcido con su escudo rojo y blanco de River!, el mismo que venía balanceando cuando entró al local. Ha desmontado hasta el cansancio la escena, la entrada del motorista, los tiros, los cuerpos en el suelo, el mendigo gateando por el piso alcanzándole sus cosas y, aunque no pudo verlo entonces, o no puede recordarlo ahora, sabe que él ha sido quien metió el llavero intruso en su cartera, aprovechando de paso para robarle la billetera, donde apenas tenía algunos billetes de diez y de veinte. Y eso fue lo que vino a provocar aquel maridaje atroz (¡otra vez Ganesha, un cuerpo ajeno encajado de buenas a primeras en otro!), ¿qué hace ella con ese despojo obsceno del Torcido, como si fuera su peluca o sus dientes postizos, metidos en la intimidad de su cuarto? ¿Y quién podría reclamarlo ahora que el Torcido está muerto y el lavacopas herido?

Ya sabe que hay trece llaves. Las ha contado y recontado varias veces durante la noche de insomnio que siguió al tiroteo. Ha estudiado la anatomía de cada una de ellas. Hay cuatro llaves tipo Trabex, dos llaves de seguridad con muescas redondas como ojos, dos de metal ennegrecido, de un solo diente, como de ropero o de puerta antigua. Estas ocho llaves están en la argolla principal, y hay dos argollas suplementarias. Una con tres llaves pequeñas tipo Yale, tal vez de un candado o de cajas de seguridad. La última argolla contiene dos llaves marca Candex, una bastante más grande que otra, junto a una llavecita publicitaria de plástico. El sticker con el nombre del local está medio carcomido, tal vez se haya mojado. Sin embargo, en letras borrosas, Cala puede leer la palabra "Cerrajería del" y una "S" mayúscula seguida por el trazo de lo que podría ser una i o una u. Lo demás es ilegible. La llave chica parece nueva: el metal dorado brilla y los bordes dentados de la paleta se ven bien netos.

De una manera bastante burda, parece que el destino le da señales. Sabrina, Brandon, ahora las llaves diciéndole lo evidente: el asunto está en tus manos. ¿Y ella por qué tiene que hacerse cargo? No puede seguir adelante. Sin embargo, a su pesar, ahora es la mujer que "se ha dado a la fuga". Así lo dice la noticia escueta que ha visto en el diario de la mañana, en las páginas de policiales. "Confuso episodio en el barrio de Chacarita. Un muerto y un herido."

Un motorista dio muerte de varios balazos al dueño de una parrilla al paso de la calle Corrientes. Se trataría de Aitor Chajarí, de 56 años. El mismo podría ser el cabecilla de una banda que la policía intenta desbaratar desde hace tiempo. Su empleado Rogelio Fonzi también resultó herido y se encuentra internado en el Hospital

Tornú de esta capital en estado reservado. El episodio, ocurrido después del mediodía, cuando el local estaba casi vacío, fue inesperado y confuso según el relato de algunos vecinos. Después de balear a los susodichos, el asesino se dio a la fuga. Habría una mujer involucrada que también se dio a la fuga. La policía sospecha que se trataría de un ajuste de cuentas.

Cala no quiere encender el televisor, no quiere oír más detalles que se sumen a su angustia. Mientras toma una taza de café tras otra, piensa que ha llegado el momento de consultar a un abogado, de ir a la Policía y contar todo lo que sabe. Hora de entregar a Brandon.

Brandon, ajeno a la gravedad que han alcanzado las cosas, está sobre su cama, observando el móvil que Cala ha colgado en un aspa del ventilador de techo. Es una ristra de papirolas de colores que giran y lanzan reflejos de caleidoscopio contra las paredes del cuarto. Cala, a su vez, lo mira a Brandon, como si él fuera su móvil: la manera atenta con que sigue cada movimiento de la luz, la forma en que aprieta los puños, en que patalea y lanza cada tanto un gritito de exaltación.

Cala se tira a su lado y se apoya en un codo. Mira hacia donde él mira.

—Lindo, Brandon, ¿no? Las primeras veces son las mejores. Después todo es repetición —dice con voz dramática.

Ahora acomoda la cabeza sobre la almohada y suspira y bosteza al mismo tiempo. ¿De dónde sacó eso de la repetición? Es la primera vez en su vida que abandonan a un bebé sobre sus rodillas, la primera en que averigua el paradero de una mujer como Matilde Payo, y, sobre todo, la primerísima en que está en medio de un tiroteo. Brandon ha dejado de observar el móvil. Le mira ahora el cuello donde lleva desde hace veinte años la misma cadenita de oro —otra repetición—, y después la mira a los ojos, estira un dedo babeado y empieza a pasearlo por su mejilla. El contacto húmedo y leve sobre la piel, como un encantamiento, le desanuda la tensión de la cara, del cuello y de los hombros. Cala cierra los ojos, se tapa con una chalina que tiene a los pies de la cama, una chalina de flores que le regaló una vez Leo, y empieza a oír como una bendición el golpeteo musical (¿de xilofón?) de la lluvia contra su ventana.

Hay una chalina. Una chalana, se corrige. O sea un barco chato que va por el río cargado de bebés con una madre, o con madres que los amamantan. La chalina navega de noche hacia un pueblo del Interior que está más adelante y que es el lugar al que pertenece. Cala se esfuerza por leer el nombre pintado en la proa, pero hay muy poca luz y no llega a descifrar las letras. Empieza a llover y echan una lona encima para proteger a las madres con su carga. Hay una vaquita lechera que está a la deriva en otro barco. Hay un caballo que galopa en el agua.

Ahora llueve más fuerte, pero no son gotas de lluvia las que se precipitan contra ella, son balas que Cala intenta atajar, pero las balas estallan en el aire y se transforman en papirolas de papel que se hunden en el agua oscura haciendo un chasquido como de fuego que se apaga. La chalina por momentos se hunde, pero en la proa se ve a alguien: un chico que rema (con algo blando, como si fueran riendas) y consigue sacarla a flote protegiendo a las madres. Pero enseguida aparecen tiburones (parecen juguetes de plástico brillante) que atacan y embisten a la chalina, la chalina corre peligro. Ella trata de ayudar, patea a los tiburones, se despierta pateando, enredados los pies en la chalina floreada.

¿Un barco que oculta su nombre?, se pregunta Cala, fascinada todavía por las imágenes y la gramática disparatada de los sueños. Lo levanta a Brandon que lloriquea, lo aprieta contra su cuerpo y siente cómo algo se fortalece dentro de ella, una convicción amorosa que prefiere no formular. Además, ahora que descansó un rato, los últimos acontecimientos no le parecen tan dramáticos, se siente más tranquila, más segura. ¿Quién podría reconocerla como la mujer que se dio a la fuga? El Torcido está muerto y el lavacopas no la conoce. Probablemente, si es cómplice, no le conviene hablar. Ella fue un simple testigo de lo sucedido, nadie sabe su relación con la historia. Ni siquiera ha hablado todavía con Gloria. Vuelve a pensar en el llavero. Ese pedacito ínfimo de papel pegado a la llave publicitaria puede ser una pista. Se sienta con Brandon en las rodillas frente a la computadora y busca en el Google "Cerrajerías". Hay docenas de cerrajerías en la Capital, puede ver un mapa abigarrado de círculos rojos. Cada uno significa una remota posibilidad, así que cliquea al azar sobre ellos, como si jugara al Buscaminas. Encuentra mucha información práctica —abierto 24 horas, aperturas judiciales, automotores— y muy pocos nombres —generalidades como ZP, Palermo, Mitre o Zona Norte—.

Involucrada

Esta vez Cala le gana de mano a su madre. La llama muy temprano, como para liberarse de ella el resto del día.

—¿Cómo estás, mamá? —dice Cala.

—En la rutina de la decadencia —dice Sixtina.

Cala se muerde la lengua. Sabe que tiene que evitar el "cómo estás". Empezar la conversación por otro lugar, cualquier tema que la tome desprevenida a Sixtina.

—¿Donde te habías metido? Ayer fue un día fatídico y vos no aparecías por ninguna parte.

—Tuve reunión en la revista toda la tarde —miente Cala.

—¿Tantas horas para hablar del punto cruz o de la celulitis? Mientras tanto, aquí sufrimos una nueva desventura doméstica: se rompió la tabla del inodoro, se partieron los herrajes. Seguro que fue Aurora, la bestia de la mujer del portero que se paró ahí para limpiar los azulejos. ¿Qué necesidad hay de limpiar tanto?

—¿Cómo Aurora? ¿Le cambiaste el nombre a Modesta?

—Con ese nombre tan campestre que tenía —dice Sixtina—. ¿No es mucho mejor Aurora, la de rosados dedos?

—Vos seguí corrigiendo nombres, con el que me pusiste a mí: ¡Cala!

—Ése fue tu padre, el pobre siempre fue un poco cursi. Apenas si te salvé de Margarita.

(Un instante de silencio por el padre. Cala sabe que su madre se relame, esperando su reacción. Pero lo deja pasar.)

—¿Entonces qué hacemos con la tabla? —retoma decepcionada—. Así como está me voy a matar.

La primera persona del plural, que usa cada vez que la necesita, a Cala le da escalofríos.

—Bueno, ya me voy a ocupar.

—¿Y de la bifronte sabés algo?

—Todavía no.

—Si no la denunciás vos, la denuncio yo.

Corta con Sixtina y habla con Gloria.

—Ayer a la tarde estuve con la asistente social —la ataja Gloria—. Tengo varias cosas que comentarte.

—Yo también —dice Cala—. Te busco cuando salís a almorzar.

—Okey, en Los Tribunos.

Cuando se encuentran, Gloria se acerca con un sobre extendido:

—Tomá, para que lo leas, es un informe sobre menores abandonados.

Entran a Los Tribunos, repleto a esa hora del mediodía, y detectan una mesa vacía en el fondo del local.

—El sistema está en crisis —dice Gloria mientras lucha por meterse en el espacio exiguo que hay entre la silla y la pared—. ¿Sabés cuántas madres sustitutas se ofrecieron en los dos últimos años? ¡Sólo dos!

¿Y sabés cuántos recién nacidos abandonaron en los últimos dos meses? Seis. ¡Seis bebés sanos!

—Bueno, tranquilizate —dice Cala.

—Tenés que aguantar un poco más, Cala.

—¿Si yo aguanto, vos me aguantás?

—¿Qué querés decir?

El mozo se acerca a su mesita y las apremia con el pedido.

Sin consultarla, Gloria pide el plato del día con una copa de vino para las dos.

—¿Hamburguesa con puré me pediste?

Gloria levanta los hombros.

—Antes te gustaban las hamburguesas.

—No tengo nada de hambre, Gloria.

Cala mira aprensiva alrededor. El lugar hierve de abogados y de empleados de la justicia.

—Aunque no me creas, estuve en medio de un tiroteo. Mirá esto —dice, y le pone bajo los ojos la noticia policial que ha recortado del diario.

Cuando termina de leer, Gloria se saca los anteojos y le aprieta una mano.

—¿Vos sos la mujer *involucrada*?

Cala afirma.

—¿La que se dio a la fuga? —repite Gloria.

—Hablá en voz baja —pide Cala—. Mirá debajo de la mesa —dice, y le señala la pequeña herida del tobillo.

—¿Y eso qué fue?

Cala le explica la escena sin ahorrarse ningún detalle. Después saca el llavero y lo pone sobre la mesa.

—Estoy segura de que son del Torcido, las venía revoleando cuando entró al local. ¿Ves estas dos?

—Sí, ¿qué tienen?

—Una pista —dice Cala, y le señala la llavecita publicitaria de plástico.

A Gloria le empieza a titilar un ojo, algo que le pasa cuando se pone nerviosa y también cuando se aproxima una de sus migrañas.

—¿Qué podría decir aquí?

Gloria se inclina sobre el llavero.

—Cerrajería del S.

—¿Será Del Sur?

—Del Sur, del Santiagueño, del Sucucho, del Sordo y mejor no sigo —dice Gloria— porque estamos comiendo.

—Del Santiagueño suena verosímil —dice Cala—. Pero no —se corrige—, eso es demasiado largo, aquí sólo hay espacio para una palabra de cuatro o cinco letras, fijate.

—Pero Cala, ¿sabés cuántas cerrajerías hay en la ciudad? ¡Cientos!

—Estás exagerando.

—¿Y aunque la encontraras qué? Esa llave puede ser de cualquier cosa.

—Además —agrega Cala sin hacerle caso—, uno va a la cerrajería que está cerca de su casa, ¿no? O del aguantadero donde tal vez la tienen a Sabrina.

—Tal vez yo exagere, okey, pero pensá que si al tipo lo liquidaron y era el cabecilla de una banda, su casa debe estar recontra vigilada.

—Es probable. ¿Pero qué si tiene otro lugar? —insiste Cala.

Gloria sacude la cabeza. Empieza a comer apurada.

—Mejor comamos que se nos enfría —dice.

De pronto se oye un estrépito tremendo y Cala da un salto en la silla.

—Tranquilizate, se cayó una bandeja —dice Gloria y retoma su razonamiento—: Ir a Florencio Varela tenía su lógica —dice—. Pero esto... un tiroteo... tendrías que ir a la Policía, devolver ese llavero...

—¿Y si voy a hablarles a Las Tigras?

—Cala, pará un poco. Me decís que estuviste en un tiroteo. ¡Un tiroteo! ¿Te das cuenta? ¿Qué importan ahora esas viejas que despegan afiches? ¿O el nombre de una cerrajería de mala muerte?

—Bajá la voz. Las Tigras no despegan afiches, son las que...

—Me parece que me voy a tomar un Flocur Rapid o a fumarme un porro —la interrumpe Gloria—, esto ya se pasó de castaño oscuro.

Suena el celular de Cala.

—¿Por dónde andás?

—En pleno centro, mamá, te oigo muy mal.

—Una sola cosa, me olvido siempre de decirte, conseguime un pedazo de lomo, en este barrio no hay más carnicerías. Se extinguieron.

Una hora después de su almuerzo en Los Tribunos, mientras termina de hacer trámites en el banco, un acorde musical sale de su bolsillo avisándole que le ha entrado un mensaje. Abre su celular y lee: "Cerraj del Subte Callao al 300, dice aquí un cadete. G". ¡Gloria gloriosa!, piensa Cala, y sonríe.

Está muy cerca de Callao y Corrientes, no pierde nada con ir hasta allá.

En menos de veinte minutos encuentra el local, a mitad de cuadra entre Sarmiento y Perón. Es bastante amplio y moderno, pero poco expresivo, a no ser por las cajas fuertes exhibidas en la vidriera. Cala se detiene a observarlas: hay desde una minúscula hasta una de la altura de un hombre. Un armatoste atemporal, como un rinoceronte.

Cuando se acoda sobre el mostrador y un empleado flaquito con el delantal gris y el pelo achaparrado se planta frente a ella, no sabe todavía qué va a decirle.

—Buenas tardes.

—Buenas tardes —dice Cala. Y saca de la cartera el llavero.

—Disculpe, ¿esta llave publicitaria es de ustedes?

El hombre echa una mirada rápida a la llavecita de plástico que le muestra Cala.

—No, nada que ver —dice—. Nosotros no hacemos esta publicidad. Sólo el almanaque a fin de año.

—Ahá —dice Cala—, lo suponía. Es que encontré este llavero por aquí cerca... Y dígame, ¿no habrá alguna otra cerrajería que se llame "del Subte"?

El flaquito empieza a negar con la cabeza, antes siquiera de que Cala termine la pregunta y se apura a rematar el asunto, orgulloso de su conclusión:

—Puede ser que encuentre cerrajerías "en" el subte, pero "del" subte creo que somos la única. ¿No, Tito?

Tito, que ha seguido la conversación mientras terminaba de limar una llave, se acerca interesado.

—Ah, sí, hay locales en el subte, como dice Lagos. En Tribunales, en 9 de Julio, capaz que en otras también...

"Pero déjeme que piense... —dice de pronto apuntándose con un dedo a la frente como si se fuera a disparar un tiro—. Sabe que alguien me dijo alguna vez...

Cala se queda expectante, piensa la distancia que puede ir de una preposición a otra: *a-ante-bajo-cabe-con-contra-de-desde-en...*

—Sí, sí —dice Tito, que acaba de dar en el blanco—. Alguien me dijo una vez que en la estación Venezuela había visto un negocio que se llamaba como el nuestro. ¿Sabés quién, Lagos? —le dice a su compañero—. La piba esa, la morochita que trabajaba en la otra cuadra…

—Puede ser —acepta Lagos, un poco picado—, pero si encontró las llaves por acá lo mejor va a ser que las deje en la comisaría primera, aquí nomás, en Lavalle.

Cala asiente, guarda el llavero y, cuando se está yendo, le cae el piropo de Tito.

—La verdad, señora: la felicito. ¿Usted cree que muchos se tomarían ese trabajo?

Siempre la descubren: ella es de los que se toman el trabajo.

Claudicación

Como tantas veces, el primer llamado de aquella mañana es de Sixtina.

—Tenés que venir —dice—, se me quemaron dos bombitas y hay que instalar el lavarropas que me mandó Lala. Está casi nuevo.

De manera que Cala abandona ese día sus investigaciones —en las que, por otra parte, no ha logrado avanzar nada— y va a lo de Sixtina en el 108 para tomarse un descanso del clima agobiante del subte.

Cuando llega, como siempre, golpea ligeramente la puerta y después abre con su propio juego de llaves. El cuarto de su madre está cerrado. Es probable que Sixtina todavía esté durmiendo. ¿O muerta? Se para un instante junto a la puerta, pensando si golpea o no. Decide que no. El cuarto cerrado de su madre le provoca un sentimiento antiguo de atracción y espanto. Una caja de Pandora que esconde los horrores del origen, y ahora del final. Cala deja su bolso y la campera sobre una silla y va directo hacia donde está el lavarropas, en un cuartito de servicio junto al lavadero. Atraviesa la cocina, donde hay un penetrante olor a pis, y reprime la tentación de meterle una patada al gato que se le cruza entre las piernas con un bufido.

Revisa el lavarropas con aires de experta. No parece que sea tan difícil la cosa.

La voz de la madre la sorprende.

—Ah, llegaste —le dice como todo saludo—. ¿Podrás instalarlo vos o habrá que implorarle al consorcio que manden a uno de esos hombres?

—¿Qué hombres, mamá?

—Esos tan importantes, tan ocupados. Los plo-
meros.

—Creo que puedo —dice Cala—, sólo hay que
conectar la manguera de alimentación. La de desagüe
es más fácil, la bajamos directo a la rejilla.

Cala prueba la manguera y se da cuenta de que es
corta. Hace falta una un poco más larga, eso es todo.

—Se creen ministros, o cardenales —sigue diciendo Sixtina mientras pone agua a calentar en la cocina.

Cala decide ir hasta la ferretería.

El ferretero le asegura que el operativo es muy fácil. Sólo debe desenroscar la manguera vieja y enroscar
la nueva que tiene un metro más. Después, enchufar a la
canilla. Si la canilla no tiene rosca, puede usar un chupete adaptador. Así que Cala compra las tres cosas y
vuelve contenta a lo de su madre: resolver estas cues-
tiones domésticas le produce una alegría estúpida pero
consistente, como pocas van quedando en la vida.

Primer contratiempo: la rosca de la manguera vieja no está como parecía sobre la superficie trasera del
lavarropas, sino dentro de su cuerpo, en algún lugar
inaccesible para ella. Cala pega un bufido que asusta al
gato y vuelve a salir para conferenciar con el ferretero.

—Ah —dice el ferretero—, es el modelo que conecta la manguera por dentro, a la bomba de agua.

Se queda pensativo un rato.

—¿Sabe qué haría yo? Un simple añadido.

Cala vuelve victoriosa, sólo tiene que agregarle a
la vieja manguera un metro cortando aquí y allá y ase-
gurarlo con Fastix.

En efecto, ahora la manguera llega perfectamente
a la canilla del lavadero. Falta encajarla con el chupete.

Cuando por fin abre la canilla para probar, el agua chorrea por los bordes del chupete y, a continuación, salta por la presión.

—¡Y hora qué! —gime Cala.

Sixtina se asoma.

—Va a haber que llamar al cardenal —dice—. Y besarle los anillos.

Pero Cala no se da por vencida. Hace una nueva incursión a la ferretería, donde compra una abrazadera. Al ajustarla con un destornillador rotoso que tiene su madre, se lo incrusta en un dedo, que le empieza a sangrar, se pone una curita y baja a pedir un destornillador prestado al portero.

Cuando al fin termina de colocar la abrazadera, con una obstinación que se ha vuelto malsana, abre la canilla. El agua salta no ya desde los bordes del chupete, que ha quedado muy bien ajustado, sino desde varios chorritos enérgicos que provienen de la cañería misma donde está metida la canilla. Cala se inclina sobre el lavarropas y hace un esfuerzo para no llorar. Cómo va a llorar por un lavarropas, piensa. Y se le anuda la garganta. No es eso. No. Es que el problema siempre está más allá. No en el principio de la manguera, ni en su extremo; tampoco en la canilla y su íntimo cuerito, sino en la cañería y, tal vez, en el agua maliciosa que viene por allí y, más allá aún, del río, del mar y de las lluvias que lo alimentan... ¿Acaso no lo sabía? ¿Acaso no leyó nunca al célebre cronopio?

Sixtina vuelve a asomarse.

—¿Claudicaste? —dice.

—Claudiqué —dice Cala.

Garfio

También con el tema del llavero Cala está por claudicar.

Son las nueve de la mañana y va sentada en dirección al centro, recordando las pocas cerrajerías que ha registrado en las líneas B y en la D, locales ínfimos, sin nombre. Además, piensa, cualquier cerrajería que estuviera cerca de cualquier estación se sentiría con derecho a bautizarse "del subte", lo que multiplica geométricamente sus posibilidades de localizarla. Sin embargo, no puede terminar de doblegar aquel empecinamiento. Cada vez que ve el llavero del Torcido sobre su mesa, lo observa como Hamlet a su calavera. Lo sopesa y lo pasa de una mano a la otra en un jueguito compulsivo donde siente que tiene todo y, al mismo tiempo, no tiene nada.

Cala saca su agenda de la cartera y confirma en el índice que tiene el teléfono nuevo de Magnelli. "Hablarle a Magnelli" escribe en mayúsculas sobre la primera hoja que aparece en blanco. Después guarda la agenda, más tranquila, como si esas palabras tuvieran el peso rotundo de una realidad. Los grafiteros deben sentir lo mismo. Levanta los ojos y observa cómo han cubierto con sus pintadas hasta las ventanillas y los vidrios de las puertas, de manera que van a ciegas en una unidad sellada: no se pueden ver ni el túnel oscuro, ni las estaciones de llegada. Como su vida en ese momento, piensa, y siente una súbita rebeldía. Se levanta de su asiento y se baja sin importarle en qué estación lo ha hecho.

Resulta ser Pueyrredón. ¿Qué hace en Pueyrredón? Tal vez se tome un taxi, piensa. Camina hacia una de las salidas y, sin darse cuenta, entra al corredor de combinación con la línea H. Nunca toma la línea H, esa letra tan lejana. Se detiene a mirar el cartel de las estaciones: Once, Venezuela, Humberto I°... Ya que está tan cerca, piensa sin entusiasmo, podría ir hasta Venezuela, rastrear ese local que le mencionó Tito, el cerrajero del piropo.

El paisaje de la línea H es diferente. Lleva otra gente, más solitaria o más callada (¡la hache muda!). Tal vez sea sólo el efecto del espacio. Es la línea más nueva y las estaciones y los andenes tienen otra escala, todo es más amplio y aireado, aunque los vagones están apenas reciclados y ya se ve avanzar en ellos una segunda vuelta de deterioro. Cala toma nota de este tema, las singularidades de cada línea, aunque duda de que a la revista *Ojo* le pueda interesar. En pocos minutos llega a la estación Venezuela. Sube apurada hacia el vestíbulo y, al llegar, se queda sorprendida. Es enorme, vacío y sostenido por cuatro columnas como moles. Un aire de templo. En el fondo está la boletería y a los lados sólo las paredes de venecita amarilla decoradas con caricaturas de Carlos Nine y Molina Campos.

Cala toma una de las salidas, sube la escalera y desemboca en la avenida Jujuy, ruidosa y desangelada. Pero no hace frío, así que decide caminar unas cuadras hacia el sur, sin apuro. Va bordeando la pared ciega de un edificio que podría haber sido una escuela, o una fábrica, o una prisión, pero ahora es sólo un muro con las aberturas tapiadas. Está cubierto de afiches de candidatos. Hace días que vienen pegando unos encima de los otros y se ha formado una capa muy gruesa, un palimpsesto. Algunas partes se han caído por su propio peso como hacen las enredaderas cuando abandonan su pared, otras están desgarradas y muestran candidatos nuevos, hechos con jirones o parches de otros, media cara de uno y abajo la barba de otro, una frente de cejas tupidas seguida de una improbable nariz. En el suelo, contra la pared, hay charcos y montículos de papel apelmazado. Al llegar a la calle Venezuela, gira a la derecha, avanza unos metros y entonces la ve: "Cerrajería del Subte", dice un letrero descolorido. El local es pequeño y está vacío. A través de la vitrina pintada con cal alcanza a ver las paredes polvorientas y, en el suelo, los volantes y facturas que se han acumulado junto a la puerta. Eso es todo. En medio de la decepción recuerda a Tito y a Lagos: esta cerrajería era "del" subte —los corrige mentalmente— pero no estaba "en" la estación Venezuela sino "por" la estación Venezuela. Y ya está por dar la media vuelta cuando oye una voz detrás de ella. "Se mudaron", dice la voz. Es una vecina recia que arrastra un changuito desbordado de verduras. "¿Sabe a dónde?", pregunta Cala. "Se fueron por la calle Agrelo", dice la vecina. "Me lo dijo mi cuñado, pobre", agrega la mujer y pone una cara afligida que invita a seguir preguntando. Pero Cala se concentra en la calle Agrelo. Ella desconoce la altura, dice la vecina, pero Agrelo es una calle corta que nace en Venezuela, a pocas cuadras de allí, seguro que puede encontrarlos.

Cala le agradece y se va alejando, un poco culpable por no haberse interesado por ese "pobre" cuñado. Avanza por Venezuela y a los pocos metros la asalta un intenso olor a pizza. Según puede comprobar, hay dos "Juancho's, el Rey de la pizza a la piedra", en apenas dos cuadras. También empieza a escuchar pájaros. Lejos de la avenida, el barrio está muy quieto, sumido en su propio tiempo. Lo que más hay son persianas metálicas bajas. Cala cuenta entre cuatro y seis por cuadra. ¿Qué hay detrás? ¿Depósitos en desuso? ¿Negocios quebrados? ¿O abrirán más tarde? Sigue caminando y el olor de la pizza la acompaña todavía, la consuela de la soledad de esas calles. Casas de altos derruidas. Mutual de Empleados de comercio minorista. Salón de belleza Noemí, shock de queratina $50. Asociación Genovesa de Carboneros unidos. ¿Existen aún los carboneros? ¿Están unidos? Hotel Pink, albergue transitorio. En la esquina de La Rioja, una ortopedia. Y por fin las primeras dos personas que Cala se cruza: un hombre y una vieja renga que entran al local. Actividad ortopédica hay. Sigue hacia el oeste, hacia el corazón de Balvanera. Relojes para taxi. Plastificadora de pisos. Otro salón de belleza cerrado: Rocío. ¿Dónde están las bellezas, todas dormidas? A media cuadra una tiendita que anuncia una actividad frenética: regalería, marroquinería, lencería, cedés, cartuchos para impresora… la vocación polirrubro parece la nueva formulación del antiguo ramos generales. En Venezuela y Catamarca hay un viejo mercado clausurado. Unos pasos más adelante, una carnicería y verdulería sin nombre. En el fondo del local, ve una heladera con gaseosas. Cala sale de su letargo enumerativo y decide entrar a comprar una bebida. El carnicero, un hombre de unos cuarenta años con el pelo negro y brillante, afila su cuchillo. Un galán milonguero, se diría. Cerca de él, junto a la caja, una mujer hace cuentas en un cuaderno. Podría ser su mujer. También ella tiene el pelo brillante e inflado. Tal vez los dos se han dado el shock de queratina en el salón de belleza Noemí.

—Buenas —dice Cala, y va directo hacia la heladera.

—Buenas —le dice el hombre—, ¿qué va a llevar?

Está por decir que una gaseosa solamente, pero de pronto recuerda el pedido de Sixtina.

—¿Tiene lomo? —dice, y le parece un poco ofensiva la pregunta.

—¿Lomo? —El hombre la mira de arriba abajo, sin dejar de afilar el cuchillo—. Usted no es del barrio, ¿no?

—La verdad que no. Es lindo el barrio. Aunque Sabrina —se le ocurre decir a Cala—, una amiga mía, me contó que no es tan tranquilo como parece.

La mujer junto al cuaderno ha detenido sus cuentas y la mira. Tiene una birome en una mano, la otra la mantiene dentro del bolsillo del delantal. Hay un brillo de algo que Cala no alcanza a distinguir.

—Parece que hay muchas… —Cala hace un gesto ambiguo, como si dibujara curvas, o más bien olitas, pero la mujer y el hombre dejan pasar el comentario y se miran entre sí. Cala aprovecha para observar la mano dentro del delantal. Algo sobresale, algo metálico.

—Mire, lo que cada uno hace es cosa de cada uno, ¿no? —dice al fin el carnicero—. Y aquí el lomo me lo tiene que encargar con varios días de anticipación, ¿sabe a cuánto está el kilo?

—Bueno —dice Cala sacando una botellita de la heladera—, me llevo esta Coca y, ya que estamos, deme medio kilo de carne picada.

—Dale, Miriam —dice el carnicero con una cabezada profesional, como la que debe usar en la milonga.

Miriam abandona la caja y va hacia la máquina. Cala mira hipnotizada. Con la mano izquierda echa carne en el embudo de la picadora y con la derecha, que extrae al fin del bolsillo, enciende la máquina. Tiene un muñón terminado en una especie de pinza metálica. Un garfio. *Garfio*, hacía décadas que no recordaba esa palabra.

Paga y se va con la carne dentro de la cartera. Tiene la horrible impresión de que se lleva carne humana, la carne de la mano faltante de la mujer del carnicero. Sigue caminando, pasa junto a una farmacia, y de pronto escucha el ulular de una ambulancia. ¡Claro: está muy cerca del Hospital Ramos Mejía! ¿Cómo no se dio cuenta antes? Cala se detiene en medio de la vereda, pasmada. La cerrajería y un hospital adonde llegan ambulancias. ¡Sirenas como las que escuchó en los últimos llamados de Sabrina! Camina rápido, ahora sin ánimo contemplativo. Sólo quiere confirmar si existe la cerrajería. Dobla por Urquiza y llega en pocos minutos hasta el hospital, un edificio con cierto aire carcelario que debe ocupar más de una manzana. A mitad de cuadra, casi frente a las puertas de entrada del hospital, se abre la cortada Agrelo. Cruza la calle y, apenas se interna en ella, ve el cartel: Cerrajería Agrelo. ¿Será la misma, la Del Subte que cambió de nombre, por simple fidelidad a su entorno? Está por entrar a preguntar, pero otra vez la detiene la parálisis del barrio. El negocio está cerrado y de la puerta cuelga un cartelito con la leyenda ilusoria: "Vuelvo en 5 minutos". Cala se acerca y apoya la frente contra el vidrio. Puede ver un mostrador, un estante con llaves colgadas y, sobre la derecha, una llave de plástico que enmarca un reloj, abajo dice: ¡"Cerrajería del subte"!

Tiene ganas de gritar o de saltar como un chico. Pero en lugar de eso abre su celular para hablar con Gloria y contarle su hallazgo. La atiende el contestador. "Gloria, Glorieta, por favor llamame", le dice con una voz llena de excitación. Porque aquello no puede ser una pura coincidencia. Hay cientos de cerrajerías en la ciudad y decenas de hospitales, de acuerdo. ¿Pero cuántas duplas "Cerrajería del Subte" más un hospital cercano? Sólo una. Está tan ansiosa que descarta la idea de esperar y sigue avanzando.

Calzado de damas, arreglos.

Asociación Biblioteca Teosófica.

Centro Cultural Raíces.

Hotel Sevilla.

Investigaciones oncológicas.

Salón Masculino Pocho (Pocho duerme derrumbado en un sillón).

Vuelve a salir hacia 24 de Noviembre y toma ahora Venezuela hacia Boedo. Va bordeando la hilera de los árboles para poder observar los portales. Cada tanto, una casa pintada de colores audaces rompe la chatura del conjunto.

Cuando llega a Sánchez de Loria empieza a caminar más lentamente, como si se le fuera acabando la cuerda. El barrio es grande, piensa. Aunque el Torcido tenga algún aguantadero cerca, ¿cómo podría encontrarlo? Tiene razón Gloria, es probable que en la cerrajería no puedan, o no quieran, decirle nada y que la pista muera allí.

Cala da media vuelta y emprende el regreso. Se detiene para mirar una pared ciega cubierta de grafitis y pintadas que no había visto a la ida. "Pato: te quiero igual aunque me allás cagado", dice una leyenda.

Cala sonríe y cruza la calle para ver en perspectiva los dibujos. Hay letras arremolinadas incomprensibles, más arriba una bomba con ojos a punto de estallar, a la izquierda un corazón con iniciales y, a la derecha, la frase escrita con aerosol negro que a Cala la deja sin aliento, clavada en el piso: EL CIELO NO EXISTE.

Cuando se recupera, vuelve a cruzar a la vereda de la pared ciega y desde allí estudia los edificios de enfrente. Hay dos, tal vez tres, desde donde podría leerse la frase, a la altura del primer o del segundo piso. ¿Es muy caprichoso, muy disparatado lo que está pensando?

En veinte minutos rehace el camino que antes le tomó casi una hora. Cuando pasa por la cerrajería, comprueba que sigue cerrada. Pero ya no le importa la cerrajería, sólo quiere volver a su casa y releer las cartas de Sabrina. Siente que le laten las sienes y que tiene rojas de euforia las mejillas.

Toma otra vez el subte de la línea H para combinar con la de Corrientes. Va sentada, consciente del peso extra en su cartera: medio kilo de carne picada. Trata de serenarse, de no obsesionarse con sus conjeturas hasta no haber revisado línea a línea las cartas de Sabrina. Levanta la mirada, sentado frente a ella hay un tipo raro que gesticula y se rasca las rodillas; más arriba, en un fleje de la pared del vagón han insertado otra ristra de volantes: Imprenta rápida, Salga del Veraz, Escritura Creativa. ¿Qué pasa con ella en los últimos tiempos, con ella y los folletos y los volantes? ¿Por qué le parece que todo la interpela? ¿Se estará volviendo un poco chiflada como el tipo de enfrente? Sabe que los paranoicos creen encontrar señales en todas partes, cada detalle de la realidad les está enviando un mensaje personal y respalda la historia delirante que construyen. Pero aquí el delirio no lo creó ella. Es Sabrina la que la metió en este baile. Un pibe pasa y deja sobre sus rodillas una especie de linterna con pinza. Lo hace con destreza, girando de un lado al otro del pasillo para alcanzar todos los asientos con el menor esfuerzo. El tipo raro de enfrente le pega un manotazo al paquetito. Oíme pibe, amenaza, llevate esta porquería, no quiero la promo, ni el volante, ni la birome, ni el dos por uno, ni el rezago de aduana, ni la concha de tu madre, dice a los gritos. Después se levanta como una tromba y va hacia la salida del vagón. La gente se repliega para que no los atropelle, para que ni siquiera los roce. Enseguida se escucha la voz del conductor del subte por los parlantes. "Señores pasajeros", dice, "les recomendamos cuidar sus pertenencias. Hemos detectado la presencia de arrebatadores en esta formación. Reiteramos. Cuiden sus pertenencias". Ahora sí la gente reacciona, empieza a murmurar y a apretar contra sí sus carteras, sus maletines. Se tejen distintas versiones: que el loco le preparó el terreno a los chorros, es la dominante. Cala anota mentalmente: *arrebatadores, formación, pertenencias. Garfio.*

En cuanto baja del subte, se detiene en una esquina, mira a derecha e izquierda y, como si fuera un criminal, saca de la cartera la carne picada y la tira junto a un árbol.

Boqueteros

Brandon está muy intranquilo. Se muerde los puños, lloriquea.

—Son los dientes —opina Julieta—. Te dejo aquí unas raíces de amapola para que muerda, vas a ver cómo lo calman. También podés probar con el cabo de un perejil fresco.

Cala escucha a Julieta un poco distraída mientras ordena papeles sobre la mesa. Allí tiene la primera carta de Sabrina en una carpeta azul, con las palabras subrayadas que ahora sabe de memoria: …*todo el dia enserrada apenas veo un pedasito de pared media podrida pero tengo que aguantar el cielo no existe dicen mira que noveda cualquier pobre lo sabe…* Palabras que le ha leído a Gloria una y otra vez hasta convencerla de que su hipótesis sobre la calle Venezuela no es un disparate.

—¿Sabés que la amapola produce opio para calmar su propio dolor? —está diciendo Julieta—. Ya sé que vos no creés mucho en estas cosas. En realidad —reconsidera—, creés más que no creés, que lo que de verdad no creés.

Julieta se ríe de su propio trabalenguas y Cala la mira, enmarañada todavía en sus pensamientos, mientras dispone las tazas de té y pone galletitas en un plato.

—Por algo me diste el ejercicio de la fruta —dice Julieta, y saca una hoja de una carpeta celeste—. Aquí te lo traje: primero descripción externa y después descripción subjetiva, aunque se me fueron mezclando un poco.

Cala sirve dos tazas de té y le acerca una a Julieta.

—¿Sabés qué elegí? Una mandarina. Estoy tan agradecida, Cala —le dice Julieta—. ¿Durante cuánto tiempo creés que se puede observar una mandarina?

—Con unos minutos es suficiente —dice Cala que sigue abstraída. (Está esperando que Gloria la llame: tiene que avisarle cuándo va a tener el auto de la hermana para ir juntas a la calle Venezuela.)

—La tuve frente a los ojos durante una hora, hasta que pude visualizarla por dentro, como si se hubiera desnudado sin sacarse la piel. Tenía un aura blanca de energía. Después le saqué la cáscara. Así deberíamos ser, capaces de despojarnos de nuestra armadura con la misma facilidad.

Cala mira el teléfono que está en el primer estante de la biblioteca. ¿Y si las llaves marca Candex son efectivamente de una de esas casas?, ¿qué?, ¿va a entrar? No, va a llamarlas a Las Tigras.

—Gratitud es lo que siento, cuando pelo una mandarina —sigue diciendo Julieta—. Fijate, eso puse en la parte subjetiva. Lo escribí todo con frases cortas como me pediste. ¿Te lo leo?

"Verla me alimenta. Acariciar su superficie rugosa, me alimenta. Es como una luna amarilla y diminuta. Una fruta humilde y generosa, la mandarina. Se desprende de su piel y me deja las manos perfumadas. Su aroma me eleva como un incienso. Da felicidad pelarla. Desprender sus gajos. Tirar de sus hilos. Las manos están agradecidas de una tarea tan fina."

Cala sigue con gestos de asentimiento la explicación de los gajos, de los hilos que los recorren como nervaduras, de su carne y sus celdas y su jugo, pero su cabeza sólo está allí a medias.

"A la mandarina", dice Julieta por fin, "hay que penetrar en silencio, en puntas de pie, como a un templo secreto".

Cala parece despertarse. Eso que acaba de escuchar tal vez no esté del todo mal. En todo caso, hay una diferencia entre esa escritura y la de su novela.

—Está muy bien Julieta, pero muy bien.

—Bueno, es una mandarina —dice Julieta como si se justificara—. Pero ahora me está costando la novela. No sé bien cómo seguir, ni cómo escribir.

—Vamos a ver los subrayados —dice Cala—. La chica siente que el muchacho protagonista está metido en algo oscuro. Okey. Ella siente el pecho "henchido de preguntas". El pecho henchido es un poco de prócer escolar, ¿no te parece? Los acontecimientos "bogan veloces". Más fácil que ir por el agua bogando sería que los dejaras pasar nomás. "El muchacho tiene ojos áridos." Eso lo subrayé dos veces porque me gusta.

—Claro, es porque no puede llorar —dice Julieta—. Tampoco puede confesarle en qué está metido. Primero pensé en drogas, pero después preferí boqueteros porque sé algo de los boqueteros.

Cala la mira. ¿Cómo pasamos de mandarinas como templos a boqueteros?

—¿Qué sabés de los boqueteros?

—Bueno, mi tío me contó.

—¿Tu tío?

—Sí, es comisario retirado mi tío y a él le tocó un episodio así.

—Nunca me imaginé que tuvieras un tío comisario.

Al parecer Julieta es tan múltiple y misteriosa como una mandarina.

—Es que si lo ves —dice Julieta—, nunca dirías que es un comisario. No tiene nada que ver con un comisario. Es la persona más buena que conozco en el mundo.

Esta declaración, como el llavero del Torcido que fue a dar a su cartera, también parece pegarle con cierta intención, como una sugerencia. Debería hacer eso. Encontrar un comisario confiable (¿pero acaso existen?) y dejar todo el embrollo en sus manos, que se arreglen ellos, que son los profesionales.

—Te gustaría conocerlo.

—¿Yo le podría hacer una consulta?

—Por supuesto. Wado ya te conoce, por mis comentarios.

¿Comentarios a un comisario? Cala se atrinchera contra su asiento, está por protestar pero encaja el golpe.

—¿Wado? ¿Se le cayó una "l"?

—Sí, era Waldo, pero él de chiquito decía "Uado" y le quedó. Te dejo su número y este fin de semana le digo que tal vez le hables.

—No, no le digas nada, por favor. Tal vez no sea necesario.

Por fin suena el teléfono. Cala se levanta como un resorte y atiende. Pero no es Gloria, es Peter Morton que quiere invitarla a almorzar al día siguiente. Es su día de ir al centro —vive en Olivos— y le encantaría verla. La voz de Peter por teléfono suena igual a cuando tenía dieciocho años, ronca e intensa. Cala se rasca un brazo que no le pica en absoluto, enrolla y desenrolla el cable en un dedo mientras habla. Tiene la sensación de que se ha puesto colorada y de que Julieta la observa divertida. No creo que pueda, le dice a Peter. Cómo explicarle que mañana al mediodía tal vez ella esté violando un domicilio en la calle Venezuela. En todo caso, si llega a poder, ella se lo confirma en un mensajito. Él le dice que va a estar allí, de todos modos, en un restaurante de la calle Costa Rica. Que haga lo posible por ir.

—Se merecía que le dijeras que sí —dice Julieta cuando corta.

Endibias recostadas

Son las dos de la tarde del miércoles y Cala camina por Costa Rica hacia Fitz Roy buscando el restaurante donde la espera Peter Morton.

Faltan todavía veinticuatro horas para la incursión a la calle Venezuela. Pero desde que acordaron día y hora con Gloria, Cala quedó suspendida en un limbo de ansiedad que no le permite hacer nada. No puede ni escribir, ni ocuparse de Sixtina, ni limpiar su casa. Sólo se ha detenido un rato esa mañana a reconsiderar la conveniencia de llamar al tal Wado. Julieta es tan bondadosa que se lo presentó como el mejor de los hombres, pero un comisario es un policía, aunque esté retirado y la nostalgia y los años lo hayan ido ablandando. Habría que ver qué hizo en los setenta. En todo caso, decidió, lo dejaría para más adelante, como último recurso.

El resto de la mañana sólo se ha dedicado a Brandon, han hecho un largo paseo hasta el parque de Agronomía. Cuando volvían, cerca de la una, se cruzó con Julieta, cargada de paquetes. Fue ella quien le recordó su almuerzo y le insistió para que le dejara a Brandon y se encontrara con Peter. Tal vez no fuera mala idea, pensó Cala. Mucho mejor que ocuparse de la tabla rota del inodoro de Sixtina, o quedarse el resto del día en su casa carcomida por la espera.

"Desde la una hasta las tres de la tarde voy a estar esperándote", le había dicho él. "Y si no venís, voy a usar todo ese tiempo para acordarme de vos." Ella había lanzado una risita medio idiota: hacía mucho que un hombre no pensaba en ella de una a tres de la tarde, o sea ciento veinte minutos, aunque fuera pura retórica.

No tuvo tiempo para recrear la consabida escena, el devaneo del qué-me-pongo-ahora. Además, entre lo oscuro y abarrotado de su placard y lo mal que ve ella últimamente, encontrar dos prendas que combinen no es cosa fácil. Hay que confiar en el azar. Así que ahí está Cala por fin, con un jean cualquiera, una camisa de seda color lavanda no tan cualquiera y su abrigo de siempre. Pero qué estúpida, se repite cada tanto, cuando siente en la garganta el aleteo de una zozobra, y acentúa con fuerza la sílaba esTÚpida, mientras taconea por la calle Costa Rica. Leo está tan lejos, piensa, y sus últimos y aislados mensajes parecen reportes sociológicos: que los corredores del narcotráfico, que la corruptela centroamericana, que los índices del CELAR, el CYGIR o el BEPAL.

También le ha dicho "cómo me gustaría que vieras esto conmigo". Bueno, se defiende Cala, desde que él se fue a Chile —incluso antes de eso—, la relación que mantienen es irregular, intermitente. Se concentra en las tiendas de la cuadra para dispersar el recuerdo, para que la palabra *traición* deje de revolotear en su cabeza como uno de esos polillones que últimamente se multiplican en la cocina y en el patio de su casa. No se ve por allí ni un maxiquiosco. Tampoco locutorios y menos que menos pizzería o choripán. Ve en cambio una galería de arte con un anuncio: "Pequeños bichos enojados - Expo de pintura". Un poco más allá, un local de botas e impermeables: "Saltando el charco".

Le sigue una casa de tejidos tradicionales para turistas: "Sopla pampero sopla". Y, casi al llegar a la esquina, el restaurante de la cita: "Efímero festín". Ha cambiado de barrio, navega ahora entre otras palabras.

Entra al restaurante y lo ve enseguida. Un hombre solo, de pelo gris, en una mesa junto a un ventanal que da a un patio interior con esculturas.

—¡Cala! —Peter se levanta a saludarla y su sonrisa es candorosa, como la de un chico. Esta vez, reconocerlo ha sido más fácil. El nuevo rostro se ha reconciliado con el que ella conoció. No es ni el de entonces, ni el del hombre encanecido de ahora. Es como un tercer Peter, un resultado dialéctico interesante. Ha dejado el traje de la primera vez y tiene una camisa celeste que conduce de forma inevitable a admirar la claridad de los ojos.

—Pensé que ya no venías —dice Peter—. Pero sólo tomé una copa de brandy.

Ahá, brandy, qué americano, piensa Cala. Y qué pretencioso el lugar, con sus paredes pintadas de gris plomo y sus esculturas geométricas. Pero a los diez minutos de estar allí, y de tomar la primera copa del chardonnay helado que él ha elegido para ella, el espíritu mordaz se le atempera. Sus últimas comidas formales han sido puré de zapallo con Brandon y hamburguesas con Gloria. Así que se deja encandilar por las "endibias recostadas en tibio colchón de brie" y por el "mero meramente perfumado al cilantro". Cala escucha a Peter con el ánimo entibiado por el nuevo repertorio. Él ha vivido como un funcionario internacional, de país en país y de mujer en mujer. Hasta que decidió regresar y acercarse al gobierno. Tiene mucha fe en lo que está pasando. Se ha reencontrado con viejos amigos, a algunos Cala los conoce del colegio o de la universidad, como a Magnelli. Pero él es un solitario, no ha formado una familia.

Cuando llegan al café, cada uno ha hecho un recuento bastante veloz y un poco artificial de sus vidas, aunque Cala no deja de advertir el gusto de hacerlo, de tener, en ese intercambio, una nueva oportunidad para incluir algunas correcciones, algunos agregados, algún cambio de perspectiva de la vieja versión (¿cuántas veces más y a quiénes podría interesarles cómo ha vivido ella, sus elecciones, sus renuncias, el brillo un poco enmohecido de sus medallas?). Entonces, de golpe, él va y le dice: "Todo porque vos me dejaste sin una explicación". Se lo dice con un aire burlón, como para aligerar lo dicho. El silencio de Cala lo empuja a seguir hablando.

Él se había cansado de llamarla, dice, y de recibir excusas. Supuso que ella se había enamorado de otro durante aquel verano y dejó de insistir. Poco después se fue del país y no se volvieron a ver. Parecía estúpido y sobre todo inútil remover historias tan viejas, pero él había andado por el mundo sin arraigo, había quedado como partido en dos, dijo, y ella había estado allí, desde el principio, como un pilar de su vida original. Las mujeres que vinieron después tuvieron que rivalizar contra aquel primer amor inacabado que para él se volvió mítico. ¿Alguna vez me lo vas a decir, Cala? Tal vez haya sido alguna estupidez, dice, una banalidad. Pero ojalá que no, dice, mirándola directo a los ojos. Porque quiero que sepas, agrega al fin, que me acuerdo de todo.

El "todo" queda suspendido en el filo de la conversación, pero antes de que pueda caer y lastimar a nadie, el mozo llega con la cuenta. Peter saca una tarjeta dorada y Cala suspira. Sin embargo, mientras el mozo se aleja hacia la caja, él le da el golpe de gracia. ¿Sabés que nunca tuve hijos?, le dice. Quise tenerlos con Wanda, la holandesa, le aclara, pero no funcionó. Ella hizo algunas consultas. Parecía que yo era el responsable, pero no quisimos meternos en una odisea médica y el proyecto quedó muerto. Después no volví a tener una relación lo bastante estable…

Se levantan para irse. Cala empieza a buscar la manga del abrigo para ponérselo y no acierta. Él se acerca y la ayuda. Por un instante parece que fuera a abrazarla y, cuando están así de cerca, le hace la última confesión: muchas veces tuve la fantasía de que la única mujer con la que los hubiera tenido era con vos. ¿Y vos tenés hijos, Cala?

Cala niega con la cabeza y enseguida Peter se deshace en disculpas.

Qué bruto, dice, estuve pensando todo el tiempo en lo que NO tenía que decir y te dije todo.

Azcuénaga

Recién ahora, a solas en su cuarto, Cala recobra algunos fragmentos de sus recuerdos con Peter. Al principio son imágenes tenues, homeopáticas, hechas con resabios de resabios de lo vivido, pero de a poco se van espesando. El hotel de la calle Azcuénaga. (Por años la palabra Azcuénaga tuvo para ella una resonancia amorosa. Azcuénaga como azucena.) El cuarto penumbroso aquella primera vez, la ropa en el piso, la curiosidad por la parte del nombre prohibido que pronto se yergue en el centro de la escena, su piel sorprendente, sedosa, la insistencia con que golpea contra su ombligo, el momento en que él consigue meterse dentro de ella, después de varios embates imperfectos, la sensación de algo que sucedía en *otro* lugar de su cuerpo, un lugar que todavía no le pertenecía, un centro impreciso y doloroso que había que doblegar y por eso esa lucha de piernas y caderas, esas contorsiones y esos forcejeos un poco ridículos que los habían dejado al fin arrinconados contra un borde de la cama. Pero después de un rato él le había besado las muñecas por dentro —ahora el recuerdo parece ensancharse y aferrar algo más vivo— y lamido el hueco de los codos y el ombligo, y aquel centro antes impreciso pareció entonces ocupar todo su cuerpo y refundarlo o refundirlo hasta que llegó el momento de la revelación: concha y corazón latiendo juntos.

Concha y corazón latiendo juntos, parece un himno feminista, piensa Cala, que se ha dejado envolver por la emoción del recuerdo. Entonces, ¿eso era lo bailado?, ¿lo que dicen que nadie te quita? ¿Y ese hombre mayor de pelo gris, de mejillas con venitas rojas (mucho brandy), un poco cargado de hombros, era el joven héroe de aquella lejana escena de amor?

Del cuarto de al lado llegan unos ruiditos. Ruiditos tiernos, gorjeos. Es Brandon que se despierta de su siesta tardía. Cala corre al cuarto y lo levanta con cuidado del futón. Brandon está serio primero, vaya a saber de dónde viene, y después hace una sonrisa indecisa que deja ver el filo blanco del primer diente que ha cortado.

Brandon, dice Cala, pasando la yema del dedo por su encía. ¡El primer diente, Brandon!

Después baja con él a la cocina a prepararle su comida.

—Hoy: pedacitos de pollo recostados en tibio colchón de puré —dice Cala, y pone una cacerola con agua a hervir, y saca de la heladera una pechuga asada de pollo.

—¿Qué te parece el menú para ensayar con el diente nuevo?

Mientras pela una papa y una zanahoria, Cala sigue hablando sin parar.

—¿Vos creés, Brandon, que si me hubiera casado con él todo hubiera sido mejor? ¿Habría tenido una vida más recostada?, ¿más tibia?

Cala echa las verduras al agua.

—Todo es una ridiculez, Brandon. ¿A vos te parece semejante charla adolescente? ¿Yo un escollo?, ¿él un marinero de puerto en puerto, un velero ebrio al que yo no le di reparo?

—Bhhaa —dice Brandon, golpeando con una cuchara contra la mesa.

Cala saca un repasador de un cajón y se lo pone como babero.

—*Hoy mi puerto se viste de amargura* —canturrea— *porque tu barca tiene que partir... en busca de otros mares de locura...*

—Un ingenuo, Brandon, o un reverendo pelotudo, que se vaya a cantar con Los Ángeles Negros, ¿no? O con el Trío Los Panchos.

Sabe que es injusta, ¿por qué se enoja tanto?

Brandon redobla el golpeteo con la cuchara hasta que se le cae al piso y la mira con desconsuelo.

—Qué invención el amor, Brandon. Cada cual lo usa al otro como una figura de cartón pintado, lo pone y lo saca de su juego, lo cambia de escenario, le cambia el sombrero, el maquillaje, la ropita. Lo viste, lo inviste, ¡lo embiste! —se entusiasma Cala mientras se agacha a recoger la cuchara. Entonces ve en su tobillo la pequeña raya roja que ha dejado el golpe de las llaves del Torcido. Peter se disuelve en el acto, los recuerdos, las endibias, los boleros, las teorías sobre el amor. Una parte de ella se esfuerza en ser razonable. ¿Cómo ha llegado hasta este extremo? ¿Qué es esa vocación de samaritana, esa fidelidad a la desgracia que enarbola? ¿Por qué no se fue a Chile con Leo cuando todavía podría haberlo hecho? ¿Por qué no la mete a Sixtina en un geriátrico y afronta la culpa? ¿Hasta dónde piensa seguir metiéndose en esta historia que no le pertenece?

Lo de la "no pertenencia", relativiza, está por verse. La historia se le ha impuesto, se ha enredado en su vida con hilos muy fuertes y antiguos. No es tan fácil

sacársela de encima. Pero esta incursión a la calle Venezuela, se promete, es lo último que va a hacer. Y
después Las Tigras, o Wado, el tío comisario de Julieta. Cala lo mira a Brandon, que tiene la cuchara en
suspenso, como si al bajarla fuera a dar sanción inape-
lable a su decisión.

Send

Da vueltas en la cama sin poder dormirse. Tal vez mañana descubra algo más. Por ahora sabe que a Sabrina la compraron cuando era apenas una adolescente y logró escaparse. Al parecer, ahora la descubrieron y la recuperaron. ¿Y Brandon? Tal vez dejárselo haya sido un acto deliberado. Le permitieron, o le exigieron, que se lo dejara a alguien, y Sabrina la eligió. Adivinó con su instinto la clase de idiota que era ella. La hipótesis le parece consistente, pero podría ser falsa, la explicación podría ser otra o la suma de otras muy distintas. Ella se mueve a tientas, se maneja sólo con fragmentos de la realidad, como todo el mundo. Enciende la luz para ver la hora: son sólo las doce y media. Vuelve a apagarla. (Ojalá uno pudiera apagar así de fácil el rumor constante de los pensamientos.) ¿Quién ve el dibujo completo? ¿Alguien? ¿Nadie? La misma idea del "dibujo" es una ilusión. Pero como sea, sabemos cosas de los otros que los otros no saben de sí mismos. Peter, por ejemplo. Él cree que no puede tener hijos —tal vez se lo hizo creer la tal Wanda, tal vez lo engañó porque era ella la que no quería tenerlos y entonces la constelación de malentendidos se hace más extensa y enrevesada— y él se quedó toda la vida instalado en esa versión. ¿Cuántas personas sabrán cosas de ella? Cosas banales, desde ya, las saben desde su dentista hasta el chino del supermercado de la esquina. ¿Y las que no son banales? Si uno hiciera un rastreo entre los otros, una investigación completa sobre uno mismo como si fuera alguien ajeno, ¿con qué y con quién se encontraría? Es así, cada uno marcha por la vida con sus anteojeras. Sin embargo, habría un derecho a saber, cada uno tendría que intentar llegar hasta el fondo y hasta el final de uno mismo, usarse hasta el límite. Entonces sería más noble, más justo, si ella se lo dijera a Peter, darle esa oportunidad. En un impulso busca a oscuras su celular sobre la mesa de luz. Lo abre y pulsa el ícono de mensajes. A Peter Morton. *No es cierto q no pudieras tener hijos*, pone, y aprieta el *send*.

Con la impune ligereza de ese gesto, se acaba de sacar de encima algo que viene postergando desde hace más de treinta años. Ya está, dice en voz alta. Ahora que la historia retroceda a su humilde lugar de olvido, al cajoncito de algún archivo mohoso, junto con los boletines y los profesores del colegio secundario, las fotos de la comunión, los carnet de los clubes que frecuentó, la libreta de vacunas, las radiografías viejas…

Cala apaga la luz, y esta vez consigue dormirse.

La despierta un timbre. Entreabre los ojos. ¿Quién puede llamar a esa hora de la noche? Se levanta asustada y enciende la luz, es la una y media de la mañana. El timbre vuelve a sonar. Se pone sobre los hombros un chal y baja la escalera en puntas de pie. Levanta con cautela la mirilla de la puerta: Peter.

—Soy yo, Cala. Por favor, abrime.

Cala abre y él la ayuda desde afuera, porque Juan, el carpintero, sigue sin venir y la puerta sigue atascada.

—Tuviste mala suerte —le dice Peter—. Tu mensaje me llegó cuando intentaba dormirme. Ahora necesito que me digas todo.

Hay tal decisión en su actitud que Cala retrocede alarmada.

Peter tiene la camisa llena de arrugas, el pelo un poco alborotado.

—Está bien —dice—. Vamos a hablar. ¿Querés tomar algo, antes?

Se sientan en el sofá del living y Cala empieza a contarle. En forma entrecortada al principio, como si sus palabras estuvieran herrumbradas, pero de a poco aquel sufrimiento que nunca había terminado de decirse fluye en un rumor apocado y continuo: el embarazo, el miedo, el médico de Floresta, la infección, los días de reposo, el dolor y la vergüenza que le habían impedido verlo ni decirle, y por eso las mentiras y las excusas. Después llegaron las fiestas, el verano, él se fue a estudiar afuera y ella cerró bajo llave toda la historia. Sólo con Gloria, cada tanto, hablaban de *Ubi*. Así lo bautizaron una noche desvelada mientras preparaban un examen de latín, *Ubi*, para poder nombrarlo de alguna manera y porque a Cala la atormentaba la pregunta: ¿dónde estaba ahora aquel ser que podría haber sido y no fue?

Lo que no le cuenta es lo que sucedió —o lo que supo— muchos años después, las consecuencias macabras de la "intervención": ése es su drama particular.

Cuando termina el relato, Peter tiene los ojos brillantes, parece que estuviera a punto de llorar. Se acerca más a ella y la abraza. No me lo dijiste nunca, dice, y la aparta, la mira con resentimiento ahora. Y de pronto la besa. Cala se queda desconcertada un instante, pero después empieza a responderle. Los envuelve una furia antigua, extemporánea. Suben las escaleras, cada escalón un beso, hasta el cuarto de Cala. (El recuerdo de Leo se le aparece como una barrera, como un formulario previo lleno de preguntas que hubiera que completar. Cala lo descarta, lo archiva en un rincón de su conciencia.)

Hace muchos meses que ella no tiene a un hombre en su cama y muchos más que no tiene diecisiete años, pero algo de aquella lejana adolescencia se pone a trabajar en ellos, así que el encuentro de los cuerpos va provocando sus milagros, y él, como entonces, le besa las muñecas y la parte interna de los codos. ¿Será algo que repite con todas?, se pregunta Cala en un instante de malevolencia, pero después se entrega, cesan las preguntas. Y hay una segunda vez, más sosegada y humorística: te pintabas las uñas de rosa, dice él, y tu culo era una leyenda en el colegio, ¿sabés? A mí me tranquilizaba. Ahora es una ruina, dice Cala. No tanto, dice Peter. Y en ese momento se escucha el gorjeo de Brandon. ¿Qué es eso, Cala?, pregunta Peter con un asombro que lo hace incorporarse de golpe en la cama.

—Un bebé —dice Cala.

—¿Nuestro? —pregunta Peter.

Cala se ríe, se levanta y va al cuarto de al lado. Peter la sigue.

Cala se inclina sobre la cama de Brandon y le da unas palmadas en la espalda hasta que Brandon empieza a cantarse solo y vuelve a quedarse dormido.

Después sale del cuarto en puntas de pie con Peter pegado a sus talones. Va a tener que dar nuevas explicaciones.

Él la acribilla a preguntas y sacude la cabeza consternado a cada paso de la historia que ella le cuenta. Pero tampoco en este caso se lo dice todo. (Se guarda muy bien de mencionar sus sospechas y sus planes sobre la calle Venezuela.) Lo tranquiliza y le afirma que en esos días lo va a ver al gordo Magnelli, él también lo recuerda porque fueron compañeros del colegio, lo va a consultar para no implicarse más en el asunto. Y lo va a hacer cuanto antes.

Me muero de sueño, Peter, dice Cala. Mañana seguimos hablando.

Peter la deja en paz, pero cada tanto le susurra algo al oído. Ella ya no lo oye. Se va dejando envolver por un delicioso sopor. Un hombre a su lado, el peso de su brazo sobre sus hombros, sus piernas contra las de ella, su cuerpo anclado y multiplicado, y un bebé en el cuarto vecino. En medio de la ilusión en la que flota, siente un puntazo de lúcida indignación. Hay algo que no encaja en esa escena, esa escena está extrapolada, debería haber sucedido más de treinta años atrás, que se la ofrezcan ahora, tan a destiempo, parece una "burla del destino". Pero el destino no se burla de nadie, la vida reparte la baraja sin ton ni son. Si uno contara con todas las manos desde el primer momento, podría distribuir sus cartas en el tiempo de otra manera, haberlo conocido primero a Leo, por ejemplo, y después a Peter.

Criptas y vampiros

Es un día ventoso y Cala se despertó con alergia o tal vez con un resfrío en ciernes.

Ahora va en el auto con Gloria destrozando entre las manos un pañuelito de papel que tiene sobre la falda. Cada tanto recuerda y sonríe.

—¿Qué pasa, Cala? —indaga Gloria—. Tenés cara de felicidad. Y no creo que sea por lo que estamos por hacer...

—Es algo que pasó.

—Ah, ya veo, es otra cosa, algo mucho mejor que el ácido hialurónico, ¿no?

Cala afirma con la cabeza y las dos se ríen.

Gloria detiene el auto.

—Ahora me contás todo —dice—. Después vamos a Venezuela.

Media hora después están otra vez en marcha.

—No es que yo esté en contra de Leo —dice Gloria mientras arranca—. Pero Peter está acá. En una de ésas...

—Ay, Gloriana Amatista Rocío —dice Cala—. De las inextinguibles fantasías de las mujeres se podría escribir mucho.

—Si un marido es un viejo amor, *mutatis mutandis*, un viejo amor puede llegar a ser un marido —se defiende Gloria.

Cala se queda vacilando.

—Bueno, ya veremos —dice al fin (algo que ha dicho tantas veces: "ya veremos")—. Ahora vamos a concentrarnos en Sabrina.

Se ha vestido con cuidado, con un trajecito clásico y un poco fuera de moda que debe haber comprado diez años atrás. También se ha recogido el pelo a los costados con dos hebillas. Quiere parecer una directora de escuela, tal vez una jubilada. ¿Quién sospecharía de una jubilada?

Son cerca de las cinco de la tarde y la calle Venezuela está un poco más animada que en su primera visita. Gloria va manejando en silencio, pero cada tanto lanza una especie de resoplido de contrariedad. También ella está llegando a su límite.

—Ésa es la carnicería del garfio —dice Cala cuando pasan junto al local—. Ya estamos cerca, después de Agrelo son dos cuadras más.

Cala hace un bollito con el pañuelo de papel que tiene en la mano y lo mete en el cenicero. Después abre la cartera y saca la arandela que contiene las dos llaves junto a la llavecita publicitaria de la cerrajería "Del Subte".

—¿Podrás estacionar ahí?

—No creo —dice Gloria—. Mejor voy a dar una vuelta a la manzana o me meto en la cortada y te espero en la esquina. Si aparece gente en la puerta, ¿qué vas a hacer?

—Voy a preguntar por la familia Chajarí —dice Cala.

—¿Justo Chajarí, después de lo que pasó?

—Payo, entonces.

—Claro, ¿por qué estarías buscando a tantas familias? Cala levanta los hombros.

—Tal vez pueda decir la verdad, que la estoy buscando a Sabrina.

Cuando el auto se detiene junto a la pared de los grafitis, las dos se miran.

—Te doy diez minutos —dice Gloria—: probás la famosa llave cuando nadie te vea y volvés. Qué locura —resopla otra vez.

—Hagamos algo mejor. Te llamo al celu si puedo entrar. Lo dejo abierto en este bolsillo del saco, para que escuches todo lo que vaya pasando.

—¿Y qué va a pasar? Jurame que vas a ser prudente.

—Claro, Gloria, ¿qué te pensás? ¿No sabés acaso lo miedosa que soy?

—El más temerario puede provenir de un miedoso —dice Gloria.

—¡Qué frase! Parece una máxima latina.

En cuanto abre la puerta y abandona el espacio seguro del auto, Cala se siente un náufrago. Se queda inmóvil en la vereda, con las piernas pesadas, como en una pesadilla. Mira los edificios de enfrente. Ya los ha observado en su primera incursión y sabe que sólo hay uno con cerradura tipo Trabex en la puerta, aunque no ha podido ver la marca. Es el más ruinoso de los tres, una casa de altos, con un taller o depósito en desuso en la planta baja. En el primer piso se ve un balconcito de hierros negros con una pila de macetas viejas contra un rincón y, a la derecha, tres ventanas. Los postigones del balcón están cerrados, y las persianas de las restantes ventanas también, pero la primera junto al balcón está caída, como si se hubiera soltado la correa, y le faltan dos tablillas en el centro. Tiene que ser ahí. ¿Podrá avanzar? Mira hacia la puerta de entrada: está cerrada y le lanza su desafío. Un recuerdo muy antiguo le llega desde el fondo del miedo: ella debe tener unos once o doce años, está bañándose en el mar y un remolino la retiene, no la deja avanzar hacia la orilla. Nada y se esfuerza pero está siempre en el mismo lugar, cada vez se siente más cansada. No se anima a gritar por timidez, y de eso se va a morir piensa, de puro sonsa. Al fin un muchacho ve su cara de angustia y la ayuda a salir. Escucha una risa que la sobresalta. Es una mujer que pasa por la vereda de enfrente. Va del brazo de un hombre, lleva tacos muy altos y un peinado batido de peluquería. ¿Será una de las parejas que frecuentan los albergues del barrio? Cuando los ve cruzar en la esquina, como si esa fuera una señal de largada, se planta frente a la puerta. Mira la cerradura y la compara con la llave más grande de las dos que tiene. Como si un imán la fuera atrayendo desde el otro lado, su mano avanza y la llave se desliza y calza en la cerradura. Cala la gira hacia un lado, pero la llave choca contra algo que se resiste y permanece inmóvil. Tal vez, piensa con alivio, su intuición le haya fallado. No sería la primera vez. Entonces todo se acabaría ahí. Cuando la gira en el sentido contrario, la llave vuelve a resistirse. Cala mira hacia todos lados para confirmar que no tiene testigos y sigue forcejeando. De pronto *clac*, la llave obedece con un sonido seco que resuena en ella como un estallido. La puerta se abre.

El zaguán está penumbroso y hay contra una pared algunos materiales acumulados: tablones y bolsas de arena y de cemento.

¿Y ahora qué? ¿Cierra la puerta o la deja abierta? Mejor la deja entreabierta. La apoya con cuidado contra su marco para que el peso no la haga cerrarse.

Avanza hacia la escalera de mármol que se abre junto a ella, apoya un pie en el primer peldaño y después sube hasta el segundo. Tiene la impresión de que se interna en un túnel. El túnel del tren fantasma. Si alguien apareciera ahora y le dijera "buenos días", podría morirse de un infarto. Se ríe un poco para sus adentros, para darse coraje, y marca el número de Gloria.

—¿Cala? ¿Pudiste abrir?

—Sí, Gloria —le dice Cala en un susurro—. Todo bien, dame unos minutos.

Sigue subiendo. Ahora ya está lanzada. Se da impulso y llega de un tirón hasta arriba con el corazón a los saltos. La escalera desemboca sobre un pasillo que parece tener forma de ele. El piso es de mosaicos negros y blancos y las paredes son altas y descascaradas. Hay tres puertas a la vista, de madera oscura. Bajo una ventana lateral, dos plantas en macetas de cerámica: un potus muy crecido y una palmera un poco triste. Cala las mira y se tranquiliza: plantas significa vecinos honestos, partidarios de la vida, no asesinos. También hay un triciclo colgado de un gancho, con un candado. Más tranquilidad: hay madres que llevan a su hijo de paseo.

—¿Gloria? ¿Estás ahí? Ya estoy arriba. Voy a mirar un poco más.

—Dios mío —dice Gloria—. Ahora volvé. Yo estoy en Agrelo justo al lado de una peluquería que se llama Pocho.

—Okey —dice Cala, y corta.

Se interna en el pasillo polvoriento con la segunda llave en ristre, como si fuera un arma de ataque.

La primera puerta tiene un felpudo que dice "Bienvenido" y dos cerraduras tipo Yale, una debajo de la otra. La siguiente no tiene felpudo y su cerradura tiene forma de cruz.

Cala apoya el oído contra la madera y oye a lo lejos un televisor encendido.

Eso también la tranquiliza. Como si los delincuentes no tuvieran también su rutina.

En la tercera puerta hay un cartelito pintado de negro: "Familia Rodríguez. Trabajos de albañilería". La cerradura es plana, pero marca Andina.

Cala toma ahora el segundo tramo del pasillo. Una bombita cuelga desolada en el centro y el piso en damero tiene varias baldosas faltantes.

La primera puerta que aparece no tiene ninguna indicación externa. Pero hay dos cerraduras: una Candex a la altura de su mano, otra similar pero más pequeña debajo, a la altura de sus rodillas. Debe ser ésta, piensa Cala, mirando su llave. Confirmado, entonces. Ya puede volver y planear el próximo paso, pero con Waldo, el tío de Julieta, o con quien esté dispuesto a ayudarla. De todas maneras tendría que asegurarse un poco más: Candex no es una marca demasiado conocida, pero puede haber cientos en la ciudad. Pese a las rodillas inseguras, su mano está firme, como si fuera de otro. La acerca al ojo de la cerradura. Aunque coincida, ¿qué pasa con la llave de abajo? Da marcha atrás. Lo mejor será tocar el timbre, hacerse la idiota, preguntar por la familia Payo. Aprieta el timbre: oye adentro un sonido débil y espera, pero nadie responde. Toca un segundo timbre, un poco más largo. Nada. Entonces oye la puerta de abajo. Alguien ha entrado y empieza a subir la escalera silbando. Pasos pesados y algo más: un golpeteo, tal vez un changuito o una bolsa que se arrastra. Un ladrido ronco contesta a sus dudas. En lugar de girar sobre sus pasos y retirarse, que es lo que sin duda esperaba hacer, su cuerpo, contra toda razón, marcha en sentido contrario, como el indicador de estaciones del subte. Su mano mete la llave en la cerradura hasta el fondo. La llave se encaja: la hace girar dos veces, empuja y la puerta se abre. Cala cierra de golpe y se apoya contra la puerta para no caerse. Adentro está oscuro. Estoy totalmente loca, piensa. Poseída por otra que no es ella. Acaba de entrar en el cuarto prohibido, allí donde yacen las mujeres decapitadas. Siente la espalda tensa contra la madera, la cara afiebrada. La palabra *ataúd* cruza por su cabeza y pasa por su garganta como un trago de muerte. Muchas otras, que le llegan desde los miedos de la infancia, se ponen a repicar dentro de ella. *Cripta y catalepsia. Capilla ardiente. Enterrado vivo. Sarcófago, morgue, vampiro. Valdemar, Gorgona. Fagocitar.* ¿Fagocitar?, se pregunta Cala. Oye los pasos que antes subían y que ahora recorren el pasillo. Tac, tac, ¿escuchará el hombre los latidos de su corazón delator? Pero no, los pasos siguen de largo. Sólo el perro parece detenerse un momento a husmear bajo su puerta. *Siento olor a carne fresca*, le decía el ogro a su ogresa, ávido por comer carne humana.

—¡Indio! —dice la voz de un hombre—, ¡adentro!

Otro ladrido, una puerta que se cierra y otra vez el silencio.

Lo que vibra en su pecho a punto de estallar no es su corazón, es el celular en su bolsillo, es Gloria.

—¿Cala?

Cala abre la boca para contestar, pero no puede.

—¡Cala! ¿Por qué cortaste? ¿Estás bien?

—Sí —consigue decir Cala. Se pasa una mano por la cabeza y por la cara, como reconociéndose, y después respira como le enseñó Julieta: una respiración yóguica, inflando la parte baja del estómago y liberando el aire muy lentamente.

—¿Cala?

—Sí, Gloria. Acá no hay nadie.

—¿Qué es acá? Volvé, por favor.

—Bancame un poco más —dice.

Después siente el olor. Lo está sintiendo desde que entró. ¿Qué es? Humedad y podredumbre, pero hay algo más penetrante. Olor a alguna sustancia. ¿Trementina? ¿Insecticida? Desde su inútil refugio contra la puerta mira hacia adelante, distingue en la oscuridad las dimensiones del lugar. Es un ambiente estrecho pero profundo. Algo de luz se cuela por los postigones de lo que debe ser el balcón. Contra las paredes hay estanterías y unas mesas largas de trabajo, como las que usan las costureras para cortar. Tal vez sea un taller clandestino. A medida que se acostumbra a la penumbra, Cala empieza a ver recipientes. Una pila de cajas o de latas de forma piramidal. Algo se fabrica allí. Se desprende de la puerta y avanza con cautela. De pronto se detiene: le parece escuchar un gemido. El terror, una mano helada, la empuja hacia adelante. Es preferible ver al monstruo que imaginarlo. Al horror hay que bebérselo todo de un trago, como una copa de cicuta. Así que camina hasta el fondo, entra a un breve pasillo y encuentra la puerta entreabierta que da a un cuartucho. La tabla rota de la persiana deja pasar un poco más de luz que en el living. El piso es de cemento, hay papeles estrujados en el suelo y un balde a un costado, clavos en la pared donde cuelgan unas toallas mugrientas, una campera y una soga. Hay tres camastros y un olor a vómito que le provoca arcadas. Sobre los camastros se ven bultos: uno de ellos, el que ahora gime y se remueve, tiene un pelo rubio que cuelga hacia el piso.

Cala distingue también una remera de color amarillo y se precipita sobre ella. La agarra del pelo y le vuelve la cara hacia la escasa luz del cuarto.

—¡Sabrina!

Sabrina está semiinconsciente, balbucea palabras sueltas sin sentido, babea como Brandon, y cada tanto tose y parece que se ahoga.

—¿Qué está pasando, Cala? —oye la voz ronca de Gloria, gritando desde su pecho.

—La encontré a Sabrina, Gloria.

Temerarias

Cala y Gloria están ahora sentadas en la Sala de Guardia del Ramos Mejía, esperando noticias de Sabrina. Cala consiguió ponerla de pie y bajarla un buen tramo por las escaleras, escalón tras escalón, sosteniéndola con una fuerza que no sabía que podía tener. Cuando ya estaba por desplomarse, apareció Gloria, que corrió en su ayuda. Así lograron llegar hasta la calle, a los tumbos, abrazadas una a la otra, como un trío de borrachos. Nadie las ha visto, o al menos eso creen. Y el auto estaba en marcha y con la puerta abierta, esperándolas.

Cala, con los brazos doloridos, tiembla como una hoja.

—No sé, no sé qué me pasó, Gloria. Fue como un desdoblamiento.

—Fue temerario —dice Gloria—, te podrían haber matado.

—No era yo la que estaba haciendo lo que hizo. Creeme —dice Cala—, tal vez fue la curiosidad del periodista, como los camarógrafos que se obsesionan con su objetivo y se caen del helicóptero.

—Una locura, una locura —repite Gloria, posesionada, como si la palabra fuera a conjurar los peligros por los que ya pasaron.

—Pero la recuperamos —dice Cala.

—Esperemos que la policía ya esté en camino.

Con su eficiencia, Gloria ya llamó al 911 desde un teléfono público del hospital. Y Cala le dejó un mensaje a Herminia, porque les tiene más fe a Las Tigras.

La sala está llena de gente. Cerca de ellas hay un muchacho con el ojo morado y una camisa manchada de sangre. Una mujer muy gorda con las dos piernas vendadas. Una chica embarazada. Un hombre que sostiene a una anciana temblorosa. Un viejo descalzo que cada tanto repite la misma palabra incomprensible, algo que suena como *makaori, makaori*.

—Gloria… Gloria gloriosa.

—¿Qué, Cala?

—Nada —dice Cala—. Que te quiero mucho.

Pasan los minutos en silencio y cada tanto se miran incrédulas. Azoradas por el desenlace de la aventura, por lo que entre las dos han sido capaces de hacer.

Cala se contiene para no llorar y Gloria le acaricia la cabeza.

—¿Sabés de qué me acuerdo, no?

—Sí, de Ubi —afirma Gloria—. Porque este lugar se parece…

Gloria no completa la frase, se queda haciendo gestos con las manos, como si con ellas pudiera comprender y encarrilar la cadena de acontecimientos voluntarios o azarosos que las han llevado hasta ese día y esa Sala de Guardia colmada de gente que espera que alguien haga algo por ellos. Todas víctimas más o menos flagrantes de la contingencia.

Cala también piensa. De qué manera el pasado se integra con el presente. No simplemente como dos líneas que se cruzan, no. El pasado encarna en el presente, revive en él y saca nuevos brotes. O se pudre y termina de dar su asqueroso fruto. ¿Habría entonces, al final de cuentas, un destino, un dibujo prefigurado que se completa? ¿O es uno quien une

los puntos y hace un dibujo caprichoso? ¿Una pura
invención de sentido?

—No lo sé, Gloria, no lo sé —dice Cala, y se suena la nariz con furia.

Dos notas musicales le anuncian un nuevo mensaje en su celular. Es de Peter, que ya le ha mandado al
menos media docena. Pero no quiere leerlos, ni puede
ahora pensar en él.

Después de una hora de espera, aparece una enfermera detrás de una puerta batiente y les dice que la chica
se tiene que quedar en observación. "Parece una intoxicación", les dice, "pero no es grave". Y que si quieren tener
noticias que vuelvan al día siguiente, es inútil que se que-
den ahora, ya que no son familiares, que ya han hecho
bastante con sacarla de la calle y traerla al hospital.

Cuando están abandonando la sala, un enfermero
se acerca corriendo y les da un sobre doblado: la chica
lo tenía en el pantalón, me pidió que se lo diera, por lo
menos eso le entendí, dice levantando los hombros.

En el sobre hay un billete de cien pesos y una cartita de Sabrina.

Carla en la que estoy metida te pido por Dios o por
lo que mas quieras en el mundo una ves me dijiste que no
creías que me lo cuides a Brandon vistes que buenito que
es por ay se me arreglan las cosas ay un muchacho que me
alluda con el te voy mandando lo que puedo en una de
esas quien te dice te doy una sorpresa si salgo viba de esta
y como esta tu mama ojala que este bien siempre te
deceo lo mejor se que no me vas a creer pero yo las quiero
Sabrina

Síncope

Esa noche Cala toma un *Dormicum* que le dio Gloria y consigue dormir con un abandono que hace mucho que no sentía. Se despierta a las siete, al unísono con Brandon. Pascua, tirada a los pies del futón-cuna, también se despereza. (Entre Brandon y Pascua hay un acuerdo biológico esencial: rachas de vigilia y de sueño, de hambre o de necesidades corporales parecen complementarse sin conflicto. Sólo Cala desentona o rompe el ritmo tribal.)

Después de que todos comen, Cala enciende la computadora para revisar su correo antes de ir al Ramos Mejía. Piensa si podrá ir con Brandon, para que vea a su mamá, o si será una imprudencia. Ellas sólo pasaban por ahí, declararon en el hospital, y vieron a la chica tirada en un umbral. Así que no, Brandon tendrá que esperar.

Mira sus mails por encima. Silvina de *Ojo* le anuncia buenas noticias. Pronto lanzarán *Ojo en el mundo* y esperan que ella colabore. "Un milagro, en este pueblito perdido hay señal y veo que hace bastante que no me escribís", dice Leo, "¿Qué está pasando?". "Ay, Leo", pone Cala. Y se da cuenta en ese instante de la mínima diferencia que hay entre el quejido y el haber. Una hache muda. "Ay", vuelve a escribir. No se atreve a contarle por mail toda la historia, todo lo que "hay". Le escribe una generalidad: muchas complicaciones. Ya te voy a explicar cuando vuelvas del viaje.

Siempre le pareció a ella que Leo estaba en el centro del mundo y ella en una periferia remota, mirándose el ombligo. Pero quién podría asegurar ahora que su aventura personal, "su" tiroteo, "su" temerario salvataje de Sabrina y todo lo que implican no están en sintonía con los cincuenta mil muertos mexicanos, los estudiantes baleados de Tegucigalpa, los mineros en huelga de hambre, los narcos decapitados de El Salvador, por mencionar sólo algunos de los atroces hechos del mundo. Hechos latinoamericanos en los que él se especializa y que desmenuza, contabiliza y registra con un afán de coleccionista que a veces la irrita.

Cala ha dormido muy bien. Se siente renovada. Más que eso, tocada por una especie de prodigio. ¿Es ella, Cala, quien ha hecho aquello? ¿De dónde sacó ese coraje? Jamás se hubiera creído capaz. Deja la computadora y mira a Brandon sentado en el piso sobre una manta. Acaba de recoger una pelusa que observa concienzudamente antes de llevársela a la boca. Cala le limpia la mano y lo levanta. Brandon, le dice al oído, encontramos a tu mamá. Después salta con él en brazos por el cuarto. Y Brandon se ríe, exhibe sus hoyuelos.

—Esos hoyuelos, ¿de quién son? Ahora son de Sabrina —se contesta Cala—. ¡Pero aquí hay más hoyuelos!

Y le da besitos en los brazos regordetes, cerca del codo, donde la carne acolchada y tierna forma dos pequeños huecos. También los tiene en las rodillas.

—¿Qué es esto? ¿Una fábrica de hoyuelos?: "Hoyuelos Brandon" —dice Cala con voz de locutor comercial—. Usted tiene que repartir, Mister Brandon, ¿no le parece? ¿O es un cerdito capitalista? Capitaliiiiista…

La i vuelve a tener el efecto irresistible sobre Brandon, que se ríe a carcajadas.

—Con dos hoyuelos para mí, me quedo más que contenta —dice Cala, y sigue haciendo saltar a Brandon provocándole una risa a sacudones.

De pronto se pone seria.

Ya sabe por Las Tigras que han recuperado a las otras dos chicas. (Le hablaron muy tarde la noche anterior y prometieron, además, que no la van a mencionar. Que su llamada quedará tan anónima como la que hicieron al 911.) Pero hay que volver a la Guardia del Ramos Mejía, saber cómo está Sabrina. En el hospital no saben nada del episodio de la calle Venezuela, sólo lo que ellas le dijeron al recepcionista malhumorado de la Guardia, el que llenó la planilla de entrada, con cansancio y sin averiguar demasiados detalles. Cala mira el reloj de la cocina: son las ocho de la mañana, es raro que Gloria no la haya llamado todavía. Y Peter la debe seguir buscando. El teléfono de línea, después de la lluvia de días atrás, ha quedado mudo. Cala busca su celular. Cuando lo encuentra, enredado en su camisa, se da cuenta de que está apagado. Se debe haber quedado sin batería. Apenas lo enchufa en el cargador, empieza a sonar.

Que es la enfermera a cargo, dice la mujer que la llama. Pero no del Ramos Mejía, donde dejaron su número y el de Gloria, sino del CEMIC.

—No se asuste —le dice—, pero su mamá está internada aquí.

—¿Cómo internada?

—Sí, la estamos buscando desde anoche, pero su teléfono celular no respondía. Tuvo un síncope y ya está bien, pero acérquese cuando pueda a la unidad coronaria.

—¡Un síncope!

—Sí, le repito que está bien, no hay urgencia, pero la tenemos en observación.

Cala se viste apurada, junta las cosas de Brandon y corre hasta lo de Julieta.

En el taxi va hablando con Gloria para que pase en cuanto pueda por el Ramos Mejía.

—No sé si puedo ir hoy —dice Gloria—. Pero va a estar todo bien, no te preocupes. Y no te asustes por lo del síncope. Síncope le dicen ahora a cualquier desmayo.

En su celular también hay once mensajes de Peter. Empiezan amorosos: q hermoso reencontrarte, el primero. Después avanzan con matices: dónde estás, te llamé todo el día, por favor contestame, no te asustes, Cala, ¿mi Cala? El último dice: ¿se repite la historia, después de treinta y cinco años? Madre internada, responde Cala. Historia distinta, en cuanto pueda te llamo.

Desmantelada

—Mamá, ¿cómo estás? —dice Cala, que acaba de entrar como una tromba a la Unidad Coronaria del CEMIC.

—Desmantelada —dice Sixtina.

No se la ve desmantelada, más bien en el centro de las sábanas blancas, muy bien peinada y pintada, aunque llena de cables.

—Contame qué pasó —pide Cala.

—Me estaba lavando la cabeza en la peluquería y de pronto me despierto en el piso, rodeada de caras. No sentí nada. Si la muerte es así, es bastante poca cosa.

—Te subió la presión, como tantas veces.

—Eso dijeron, pero igual me trajeron acá para usar todos sus aparatitos.

—Quieren que te quedes hasta mañana —dice Cala.

—Ni pienso, aquí es imposible dormir, entran y salen todo el tiempo, no apagan la luz, la almohada es un bodoque…

En ese momento entra un enfermero a controlarle la presión. Es joven, de piel muy oscura.

—¿Usted es aborigen? —lo encara Sixtina.

—De origen aimara, señora —le contesta el muchacho.

Cala le hace un gesto a la madre para que se detenga. Pero es inútil.

—¡Aimara! Después hablan de genocidio, ¿no ves que están en todas partes? —le dice a Cala—. Y ahora inventaron esa estupidez de los pueblos... ¿cómo es que los llaman?

—Mamá —dice Cala, con la misma voz vacilante con que ha tratado de calmarla a lo largo de cincuenta años.

—Originarios —acota el muchacho.

—Pero qué originarios ni qué ocho cuartos —retoma Sixtina—. A estas alturas ya tendrían que saber que los pueblos civilizados desplazan a los primitivos.

—Mamá, quedate tranquila, te están tomando la presión.

—Ustedes están extinguidos —insiste Sixtina—, ¿se da cuenta? Extinguidos.

El enfermero le saca el tensiómetro y le clava una mirada de piedra. Pero al cabo de unos instantes sus ojos se dulcifican, baja la cabeza en silencio, anota algo en la hoja clínica y se va.

—¡Mamá, no podés decir cualquier cosa a cualquiera! —estalla Cala—. Después, si un enfermero te envenena o te estrangula no te quejes.

—Me haría un favor. Y a los noventa años digo lo que se me canta.

Pocos minutos después entra una enfermera con una medicación.

—¿Vos entendés lo que dice? —pregunta Sixtina.

—Sí, mamá. Que tomes esas dos pastillas.

—Yo no le entiendo nada, hablan otro idioma. Antes un aimara, y ahora una boliviana —dice mientras, de todas maneras, acepta las pastillas y las traga con un pequeño salto de la cabeza hacia atrás que a Cala siempre le ha parecido algo ridículo.

La enfermera le ajusta al dedo el medidor de oxígeno.

—Usted no me toque más —dice.

—Pero tengo que...

—Nada —dice la madre—, usted no tiene que nada, sáquenme todos estos piolines —y empieza a arrancarse los cables, enfurecida, y tira la almohada al piso.

—Mamá —dice Cala—, ¡calmate!

—Vos andá a casa y traeme una almohada verdadera. Y antes de irte dame un beso, por las dudas.

Aunque está furiosa, Cala se acerca y le roza la mejilla fugazmente. Debe hacer como un año que no le da un beso, algo que sucede sólo cuando se va de viaje.

Por fin, Sixtina empieza a adormecerse y Cala se deja caer agotada en la cama del acompañante: ya no le cabe duda de que su madre está rozagante.

A la mañana siguiente, en la cafetería del CEMIC, Cala lee un diario y va directo a la sección de policiales. Hay una noticia espeluznante que ocupa toda la página: un chico de once años apareció muerto a palos en Lincoln. Se sospecha del padrastro.

Abajo, en un recuadro pequeño, Cala lee:

Se desmantela un laboratorio en el barrio de Balvanera.

Gracias a una denuncia anónima, la policía descubrió en la tarde de ayer un departamento en cuyo interior se encontraban dos jóvenes secuestradas, drogadas y atadas a una cama. El lugar sería o habría sido también un laboratorio de estupefacientes ya que en el mismo se incautaron sustancias, probetas, mecheros y otros elementos usualmente utilizados en el refinamiento de cocaína. Las dos jóvenes recuperadas se encuentran estables pero bajo observación hasta que puedan declarar ante el juez.

Busca su celular y marca el número de Gloria.

—No quería llamarte para que no te preocuparas —dice Gloria—. Ya bastante tenés con tu madre y con Brandon.

—¿Qué pasó? —pregunta Cala.

—Sabrina volvió a desaparecer. Los del turno de la mañana sabían poco y nada. Fui a la recepción y me dijeron que se había retirado con "el hermano" y que ella estaba bastante bien, un poco debilitada solamente según el parte médico, pero le dieron el alta y se fue con el muchacho. Me mostraron la firma de ella en el acta de salida.

—¿O sea que estamos en las mismas? ¡Igual que el primer día!

—Al menos sabemos que está viva y que zafó de los tipos que la tenían. Ese muchacho que se la llevó debe ser el que la ayuda. ¿No te dijo ella que alguien de adentro la estaba ayudando?

—Sí, ¿pero cómo supo que estaba en el hospital?

—No lo sé. Tal vez alguien nos vio. De todas maneras, para ir adelantando, le dije a Magnelli que querés verlo, dice que le hables y que pases en cualquier momento por su casa. ¿Podrás?

Al mediodía, después del chequeo de rutina, a Sixtina le dan el alta. No hay nada demasiado preocupante en su estado, nada nuevo, más allá de la vejez. Por las dudas, Cala le pide a Modesta —o sea a Aurora— que se quede esa noche.

—¿Te parece bien, mamá?

—Y sí, porque si me muero acá en la cocina, por ejemplo, y quedo tirada en las baldosas, ¿quién se entera?

—Yo te hablo todos los días, al final me enteraría.

—Ah, pero pueden pasar varios días. Espero morirme en invierno, cuando haga frío. Así el cuerpo dura más.

Cala lava unas tazas acumuladas en la pileta mientras su madre pone agua a calentar.

—Acordate de lo que pasó con los sándwiches de miga —retoma Sixtina—. Apenas los dejé un día fuera de la heladera y ya estaban podridos, repodridos.

—Pero era un sándwich, mamá, ¡y de miga!

—Es igual. Eran de jamón y queso. ¿Qué te creés que es el jamón? ¿Y el queso?

Cala sale de la casa de su madre. Sabe que tiene que hablarle a Peter y empieza a dar rodeos. Le gustaría quedarse sin señal, perdida en alguna selva tropical, como Leo. Pero tiene que tomar decisiones. Se había prometido terminar con la historia de Brandon después de la excursión a la calle Venezuela.

Por fin le manda un mensajito a Peter: te juro q no desaparezco, pero dame unos días para ordenarme. La respuesta es inmediata: entonces ni siquiera te llamo. No se sabe si es una afirmación o una pregunta. Mejor, todavía no. Ordenate, Calita, le contesta él, así después vuelvo a desordenarte. Un recuerdo la atraviesa, Peter acariciándole la cabeza, aunque no es exactamente una caricia aquello, hay algo de excesivo o de desesperado en esa manera de meterle los dedos en el pelo y echárselo hacia atrás, como si quisiera despejarle la frente y los ojos y metérsele más adentro.

El resto de la tarde y de la noche Cala desgrana los últimos acontecimientos. Las imágenes de la calle Venezuela, del rescate de Sabrina, le parecen irreales. Sin embargo, sucedieron, con su espesor, su oscuridad, sus olores, su trabajo físico… Y el episodio de Sixtina para completar el cuadro. Ella, que se ha quejado tantas veces de la planicie de la vida. ¿Quería aventuras? Ahí las tiene, bien reales y sórdidas. Ah, pero ella hubiera preferido ir a China o a Sudáfrica a enseñar español. Eso se lo perdió, por no dejarla sola a Sixtina. Y unas cuantas cosas más se perdió.

De todas maneras, el recuento y el recuerdo de su osadía la tienen en un estado de exaltación. ¿Cómo ha sido capaz de subir por aquella escalera? ¿De abrir la puerta prohibida? ¿De bajar a los tumbos abrazada a Sabrina? Cada vez que lo recuerda el corazón se le vuelve a desbocar: tal vez necesite revivir aquellas escenas hasta aplanarlas, amansarlas y hacerlas encajar en la lógica de su vida. Se siente incrédula y también orgullosa. ¿Por quién ha tomado y está tomando tantos riesgos? Se levanta y va hasta el cuarto de al lado. Mira a Brandon dormido y a Pascua tirada a sus pies. Por los que no tienen voz, recuerda. Hay que estar ahí por ellos.

Cala lo tapa a Brandon, que duerme con la mantita enrollada a sus pies, y Pascua le lame el tobillo cuando pasa. Así es en los últimos tiempos, actúan en conjunto, una unidad biológica inocente y amorosa. A las dos de la mañana Cala opta por tomarse otro *Dormicum*. Al día siguiente, en cuanto pueda, va a ir a consultarlo a Magnelli.

Burrasco

Cala toma el 80 para ir a lo de Magnelli. Se baja en Cabildo, camina hasta Lacroze y toma la avenida hacia el Bajo. A medida que avanza hacia Libertador las calles se vuelven más anchas y arboladas. Buenos Aires se dilata, le recuerda a Pocitos, el barrio de Montevideo. Son calles serenas, que invitan a andar a la deriva, sin pensamientos. Llega a un edificio elegante con fachada de piedra y canteros cuidados, boiserie y sillones en el hall. ¿Quien usará alguna vez esos sillones o se detendrá a mirar esas reproducciones en las paredes? Son sólo "pour la galerie", como decían en una época. Los locutorios y los choripanes no, los halls solemnes tampoco, de festines efímeros, apenas una gota. ¿Cómo será la casa de Peter? ¿También él habrá aprendido a conciliar boiseries con chapadur y con arte efímero?

—Pasá, Negra —le dice Magnelli y corre la silla de ruedas hacia atrás para darle espacio. Han hecho el colegio secundario juntos, "hermanos en el aula y en la vida", y se tratan con esa confianza y esa cercanía. El gordo tiene problemas de movilidad desde hace muchos años, una enfermedad neurológica que lleva con un coraje y un buen humor que a Cala —y a cualquiera que se queje de sus desventuras menores— la ponen en caja en un instante. Tiene los mismos ojos chispeantes, color miel, que a los trece años. Las pestañas muy abundantes, efecto colateral de alguna medicación que toma, dice él. "Caminar y caminar", protestaba en el viaje de egresados al Sur, "¿para qué?, ¿para ver otro lago más?". Se declaraba partidario de la vida sedentaria desde entonces. Que le hubiera tocado esta enfermedad, a él, parece una burla demasiado cruel.

Cuando ella le cuenta una parte de la historia (decide hablarle sólo de Brandon, y nada del Torcido ni de la calle Venezuela), el Gordo la tranquiliza enseguida. Con dos o tres frases deja fuera de cuestión cualquier riesgo legal. Sólo va a necesitar documentos del chico más adelante, cuando sea necesario incorporar a Brandon "a la estructura social", dice. Pero por ahora ella no necesita nada de nada, puede tenerlo así un año, dos, tres. Más adelante podría pedir una guarda transitoria, el Código Procesal la protege, artículo 43. La cuestión es, me parece, ¿qué querés hacer vos? Y Magnelli hace aletear con ironía sus pestañas pródigas: Cala, te calé. Eso es lo que tiene de malo un "hermano en el aula y en la vida", dice ella. Se toman un segundo whisky y empiezan a hablar de temas cada vez más anacrónicos, temas ínfimos que sólo a ellos les causan enorme placer. El sombrero ridículo de la Dalmati, la de Botánica. El día que Cuaglio infló un forro y lo echó a volar en el coro. El saquito verde de Prono al que le decían Porno. La vuelta olímpica con el asalto al quiosco. Las borracheras del de Química. Sobre todo, cómo le había dicho un día *Burrasco* a Bugallo, mezclando su apellido con el de Carrasco. Desde ese día, todos fueron burrascos, por una razón o por otra. Esas cosas. Se ríen a carcajadas. Ahora Cala le pregunta, súbitamente inspirada:

—¿Vos sabés algo de mí que yo no sepa? ¿O supiste alguna vez algo?

El Gordo se la queda mirando.

—Sí, por supuesto —le dice—. Lo que todos sabían: que te acostaste con Peter. El tano Michelli los vio saliendo de un hotel. Karalchik se quiso matar cuando se enteró, te perdió el respeto, se hacía la paja todos los días pensando en vos. Total, ya no eras virgen, decía.

—Pobre Karalchick —dice Cala—, pensar que ahora es un médico famoso.

—Siempre sabemos cosas de los otros, Cala —aseguró el Gordo—. A veces uno es el que menos sabe, y tal vez eso ayude a vivir. Yo ya le dije al médico que no me cuente las estadísticas ni haga pronósticos. Tal vez no me creas, pero me olvido de la enfermedad. Sólo extraño a una mujer.

Magnelli hace girar un poco la silla de ruedas a un lado, y después al otro, como si le trasladara la incomodidad que le produce hablar del tema.

—Una profesional, por supuesto —aclara—, a estas alturas no me hago ilusiones. Tenía una chica que venía cada tanto, era divina, una estudiante de Psicología. Hay muchas que trabajan para costearse estudios, te sorprendería. Pero ella se debe haber recibido, o encontró un trabajo mejor, no sé. Tengo que encontrar a alguien, otra, pero la señora que me cuida es un sargento, el Tano está de vacaciones y mi otro gran amigo, Hugo, partió antes que yo, ya sabés, el viaje definitivo.

El Gordo se queda mirando por la ventana. Cala recuerda los papelitos en su cartera. Tiene un "Madurita te baña", un "Rubia golosa, estilo play boy, bucal/sglob" y un "Big Love".

—Yo tengo algo, pero no ese nivel —dice Cala, y le muestra los avisos.

—¿De dónde sacaste esto, vos?

—Otra cosa que no sabés de mí —dice Cala—, son para una nota en la revista.

—Puede ser —le dice el Gordo—, pero yo no puedo hablarles, para usar el teléfono ahora dependo del sargento.

—La llamo yo —se ofrece Cala.

—¿Serías capaz? Que diga que es la escribana Balbo y que me habla por la sucesión de Gutiérrez, después yo me las arreglo. No sabés qué contento se va a poner Marcelo.

Cala se muerde la lengua, pero no pregunta quién es el tal Marcelo, porque ya conoce la respuesta.

Antes de subirse al 42 para volver a su casa, y antes de arrepentirse —la voz de su conciencia la pone en jaque—, Cala se refugia en la entrada de un garaje y hace el llamado.

—Buenas tardes, mi nombre es Yolanda, en qué la puedo ayudar.

No hay nada en esa voz que identifique el asunto turbio del que van a tratar.

—Disculpe, ¿es el 4523 7678? ¿Big Love?

—Sí, es ese número. Es Big Love.

—Ah, pensé que…

—Es que ahora somos agencia.

—Ah, bueno. Hablo para solicitar…

—¿Un servicio? —la ayuda la voz.

—Sí, un servicio, para un amigo.

—Un programita para tres: ¿*hectero* o *lebianismo*?

—Es sólo para él —aclara Cala—, es una persona con problemas de movilidad.

—Entiendo. ¿El servicio económico, regular, los especiales o fantasy?

—¿Fantasy?

—Bebota, enfermera, ejecutiva, patinadora, de luxe.
En fin, se puede proponer y nosotros nos *adactamos*.

—¿Escribana?

—Trajecito sastre y ataché negro con juguetes, ¡listo!
Los detalles los arreglan ellos en el domicilio.

—Otra cosa: tiene que ser discreta. Llamar al número que le doy y decir que es la escribana Balbo por la sucesión de Gutiérrez.

—Sí, claro. Por favor, aguarde un momento que le confirmo.

Cala queda unos segundos en línea con una musiquita.

—Bueno, tome nota de su pedido: es el B 47.

Sorprendente el salto entre el folletito y la atención telefónica, como si fuera un reclamo de Telecom, o un pedido de service de electrodomésticos. Tiene algunos apuntes sobre el tema, cómo van contaminando las jergas marketineras todos los niveles de actividad, incluso la vida doméstica: el *no se encuentra* y *aguarde* son habituales, pero también ha escuchado *solicitar* pizzas a un delivery, pedir *honorarios* a un cucarachero y a un padre hablar de *apalancamiento* para financiarle un viaje a su hijo. Hasta los discursos de los que piden en el subte se contagian.

Mientras va en el 42, suena su celular. Es Herminia, de Las Tigras. Cala se pone roja hasta las orejas: ¿habrá escuchado su vergonzoso diálogo con Big Love? Pero Herminia sólo quiere conocerla, agradecerle su colaboración y hacerle algunos comentarios. Cala la oye muy mal y quedan en encontrarse a tomar un café al día siguiente por la tarde, en La Tienda del Café de Triunvirato y Pampa.

Kitikííí

—Brandon, el Código Procesal nos protege. El artículo 43 —dice Cala sin perder de vista su celular—. Si Sabrina ahora está libre, debería hablarle.

"¿Leíste el Código, Brandon? Ah, no, sin normas no se puede ir a ninguna parte, señor. Eso de mearte y cagarte encima, de eructar como un carrero y de andar todo el día reptando por el piso juntando pelusas, hilitos y polillas muertas se va a acabar pronto. Vamos a tener que plegarnos a los códigos. Sobre todo porque el código, Brandon, nos protege. El inciso número tres. ¿Me escuchaste? El inciiiiso.

Brandon empieza a reírse con su carcajada de cristal y de pronto se concentra, como un motor que acumulara fuerza para arrancar y lanza un: ¡kitikííí… kitikííí!

No es un sonido aturullado, ni un balbuceo —babaaa, daaa— como los que ha hecho hasta ahora, sólo con la a, la vocal más fácil, basta con abrir la boca para que el sonido salga. Esto se parece más a una palabra.

—Sí, kitikí, Brandon. Petiribí y surubí —afirma Cala.

—Kitikííí —repite Brandon.

—Kitikííí, mocoví, frenesí y biribirí.

—¡Ki, ki, ki! —dice Brandon enloquecido, ahora que ha superado la sencillez de la a.

A Cala se le cierra la garganta. Eso es emoción, tiene que reconocerlo. Porque *eso*, se lo dice *a ella*.

Brandon juega con *ella* al juego de las vocales. Y es *ella* quien se lo ha enseñado. Dios mío. Brandon agita las manos y vuelve a la carga: kitikííí, kitikííí...

—Yo también, Brandon —dice Cala.

Y se lo imagina ahora creciendo como en esas películas aceleradas de una floración: Brandon cumple años, sopla velitas, le salen dientes, se le caen otros, va a salita verde, azul, anda en triciclo, va a la primaria, a la secundaria, toca la guitarra, trae una novia...

—¡Basta de crecer, Brandon! —dice Cala—. Yo no soy tu madre. Y tu madre, ahora, debería aparecer.

Pero si no llama, si no llama y mientras tanto, también más adelante, un adelante incluso sin límites ni forma precisa, en ese caso y sólo en ese caso...

Cala se detiene asustada. Porque en el fondo, si es que tal lugar de uno mismo existe, en ese fondo turbio, un lugar para nada sabio o prudente o racional, ella ya sabe lo que quiere hacer. Kitikííí.

Su celular suena. Un sobresalto. Pero es Silvina de la revista *Ojo*: "Cala, ¿dónde andabas?". Necesitan una investigación para complementar una nota sobre las fiestas de disfraces. ¿Tienen vigencia? ¿Dónde se consiguen los disfraces, quién los confecciona? Lugares, antecedentes, tradiciones, ella ya sabe, lo que encuentre. Ésa es justo una nota para ella, que se interesa tanto en los barrios y sus tiendas. Además, le dice Silvina antes de cortar, que pase cuando pueda así le cuenta las novedades. Y que tenga el pasaporte al día, porque lo va a necesitar.

—¿Ahora disfraces, Brandon? —dice Cala mientras corta y recuerda al instante haber visto desde un colectivo una casa de disfraces, no lejos de su barrio. ¿Dónde fue? Tal vez sobre Álvarez Thomas, viajando en el 140. Podría ir a echar un vistazo. Con la ansiedad que la carcome y el consiguiente dolor en la boca del estómago, tal vez sea una buena alternativa concentrarse en un trabajo cualquiera.

Como la tarde está templada, y recién a las seis tiene que encontrarse con Herminia, Cala decide salir con Brandon y darse una vuelta por Pampa hasta Álvarez Thomas. Lleva su cuaderno de notas en la cartera y el celular en el bolsillo del saco para no perder ningún llamado.

El carrito de Brandon está bastante desvencijado así que van saltando por las veredas desparejas de Echeverría y, cada vez que cruzan una calle, hay que hacer una maniobra cuidadosa que Cala ya ha aprendido y que le produce cierto regocijo infantil, como cuando uno aprende a manejar. El suelo está cubierto de hojas otoñales que chasquean de forma sosegada cuando pasan. Una de ellas cae planeando como un helicóptero y se posa sobre Brandon, que la observa primero y después la tritura entre sus dedos. Una vecina hacendosa —el cantero más primoroso de la cuadra— las barre con determinación hacia la calle. ¿Por qué tanto apuro en barrerlas?, piensa Cala. Apenas han caminado dos o tres cuadras y ya siente algo que se parece a la serenidad. Cruzan Triunvirato y, antes de llegar a Álvarez Thomas, Cala se detiene en Combatientes de Malvinas. Tal vez ella fuera en el 113 y no en el 140, y entonces la avenida sería ésa y no Álvarez Thomas. Decide doblar a la izquierda y caminar hacia Monroe. Hay muy poca gente en la calle y la avenida tiene muy poco tráfico. Al llegar a Juramento la ve aparecer: "Casa Francisquita", dice en un cartel de letras gastadas y terminadas en arabescos. Ocupa toda la esquina y tiene un aire vetusto e inadecuado, como si no perteneciera al barrio, ¿qué hace allí una tienda de disfraces, en el medio de talleres mecánicos, una tapicería, casas de repuestos de automotores y alguno que otro edificio de pocos pisos? La fachada es de piedra gris y las carpinterías son antiguas, de hierro rojizo. En una vidriera se ven dos disfraces patrios expuestos en maniquíes de niños: una criollita de vestido a lunares y un gauchito de cinto y facón. Están como abandonados, huérfanos de paisaje, salvo por los moños descoloridos de papel crepé celestes y blancos pinchados en un panel del fondo. Ésta es nuestra tradición, piensa Cala. Sobre la otra vidriera, una damita de peinetón y con un mate en la mano está plantada sobre un piso de tafeta celeste. Faltarían disfraces de indios, de conquistadores, de misioneros. Cala va hasta la entrada, donde puede leer en un cartel: "Abrimos a las 17 horas" y en otro: "Prohibido usar celulares", como si fuera un banco. ¿Dañarían los celulares algo del festejo patrio, del mundo escolar? Vuelve a la vidriera lateral, donde está la dama solitaria. Allí hay un anuncio con más disfraces: "Confeccionamos sobre pedido: El Zorro, Superman, El hada, El arlequín y otros muy originales". La agencia Big Love también debe tener una Francisquita que se especializa en disfraces "fantasy", piensa Cala. Pymes y ropa erótica, ¿otra nota?

Sobre el suelo de la vidriera hay unos jarrones de piedra, o de barro, obra tal vez de algún artesano allegado a la casa. Son más bien ánforas o urnas. Tal vez las cenizas de toda la familia reposen allí, entre los maniquíes.

Cala se aleja empujando el carrito de Brandon. Cómo es posible que estas tiendas sobrevivan, que paguen alquileres, impuestos, servicios.

Vuelve hacia la avenida, entrando y saliendo por callecitas estrechas de nombres inesperados: Erasmo, China, Urdininea. Se detiene frente a una ventana bordeada de malvones y cortinas de crochet. Contra el vidrio, una estampita de San Expedito y, fijados vaya a saber cómo, tres artículos: un slip masculino, un par de medias de deportes, una camperita de bebé. Bajo las tres prendas, un cartel conmovedor: "Su pregunta no nos molesta". Un poco más allá, una vecina ha colonizado la vereda con sus plantas que ocupan hasta la mitad del paso. En la esquina, un puesto de diarios que, al parecer, vende huevos. Al menos allí están, apilados en sus cartones, junto a las revistas porno. ¿Una mera coincidencia? Lejos de las avenidas y de las cadenas globalizadas, la singularidad del barrio asoma vigorosa, como los yuyitos entre el empedrado y las baldosas de vainilla.

Son la seis en punto cuando se sienta en la cafetería que está en la esquina de Triunvirato y Pampa a esperar a Herminia.

La reconoce enseguida al entrar. Se ve que ha sido pelirroja de joven, pero ahora tiene muchas canas y el pelo corto y enrulado. La cara es ancha, serena. Es más bien baja y está vestida de forma correcta pero neutral. Avanza sin vacilaciones hacia su mesa.

—¿Cala? —le pregunta.

—Sí —dice Cala, y se levanta para saludarla.

Herminia se sienta frente a ella y mira con asombro el carrito de Brandon.

—¿Tenés un bebé?

—Bueno —dice Cala—, él forma parte de la historia.

Apenas empiezan a hablar, Cala se siente bien. Hay una decisión agresiva en Herminia que puede despertar reservas, pero tiene una forma verdadera de mirar y de sonreír, un interés inteligente por las cosas.

Lo que Cala y su amiga hicieron en la calle Venezuela es muy valioso, le dice.

—Tuvieron mucha suerte de encontrar el lugar abandonado. Porque cuando les tocan a un cabecilla, ellos se desbandan, abandonan sus aguantaderos, al menos por un tiempo.

—Sin embargo, alguien tiene que habernos visto —dice Cala.

—Pueden haber dejado a alguien de campana —dice Herminia.

Brandon empieza a despertarse y Cala le da una corteza de pan para entretenerlo.

—No es tu hijo, ¿verdad?

—No.

—Es el hijo de Sabrina —afirma Herminia.

Lo sabe, dice, por la información que dieron las dos chicas recuperadas. A partir de ellas han llegado a otras. Pero hay más, dispersas por la ciudad y en ablande antes de empezar a trabajar. No le puede contar muchos detalles, por seguridad. Y que se quede tranquila, Las Tigras no las van a mencionar, ni a ella ni a su amiga, para no complicarlas.

—Es por Brandon —explica Cala.

—¿Te vas a quedar con él? La madre no creo que vuelva a aparecer.

Cala está por contestarle, pero Herminia la detiene con una mano.

—Pero no, no me digás ahora, vos verás.

Cala mira a Brandon, que está lleno de migas de pan. Sabrina siempre va a ser la madre, piensa, mientras le limpia la boca con una servilleta. En todo caso, Brandon tendrá dos madres.

—Ellos son una mafia peligrosa —retoma Herminia—, también manejan droga y hay mucho dinero de por medio. Por eso el que colabora con nosotros tiene que pensarlo muy bien, se corren demasiados riesgos.

La mira directo a los ojos, y después lo mira a Brandon.

—Vos mejor mantenete al margen. Hace muy pocos días la liquidaron a la pobre Alicia.

—¿Alicia?

—Pobrecita —dice Herminia—, su caso era terrible, porque la hija terminó pasándose al otro bando. Se volvió una empresaria: Big Love.

—¿Big Love? ¿Entonces Alicia es la madre de Big Love? ¿Una mujer flaca, de pelo gris, que andaba siempre con una bolsita floreada despegando afiches?

Sí, es ella, la despegadora de afiches de Corrientes y Dorrego.

—Se murió por intoxicación con monóxido de carbono. Eso dijeron. Imaginate quién le abrió las llaves de gas.

—Pero era una pobre vieja.

—Se habrá puesto demasiado pesada.

Herminia se despide de Cala con un abrazo y, antes de irse, abre la cartera y le da un regalo.

—Tomá, esto es para vos.

Es un tigre tallado en madera, en actitud de ataque. "Gracias, tigra", dice detrás en una leyenda pintada en negro.

Contenedores

Cuando llega a su casa, está anocheciendo. Un motorista se aleja con un ruido atronador hacia la avenida. Cala se queda mirando cómo dobla en la esquina, algo le suena familiar en esa figura. Brandon empieza a lloriquear, debe tener hambre. Cala abre su cartera, con el hombro apoyado contra la puerta. Cuando va a encajar la llave, nota que no ha quedado bien cerrada. ¿La habrá dejado así sin darse cuenta? En el estado en que está su puerta —hay que darle un buen golpe para que trabe el picaporte— y en el estado en que está ella misma —las dos igual de descajetadas—, es más que posible. Saca el celular y marca el número de Juan.

Juan, le dice en el contestador, necesito que vengas a arreglarme la puerta. Urgente. Ya te dejé como cinco mensajes y nada.

Cala avanza con aprensión dentro de su casa. ¿Y si entró alguien? Pero no se ve nada fuera de lugar, sólo un sobre color madera que ha quedado medio doblado contra un zócalo.

Lo saca a Brandon del carrito y le sacude las migas. Brandon, te vas a llenar de pajaritos, le dice, y lo sienta sobre la alfombra con sus juguetes.

Abre el sobre. Dentro hay una carta de Sabrina y dos billetes de cien dólares.

Cala otra vez me salvaste la vida cuando pueda te voy a ir esplicando todo

te lo juro por el Brandon pero ahora tengo que cru-
sar la frontera

al Torcido lo mataron pero son muchos en la banda
y cuando el Cuatro salga capaz que yo sea la Cinco me
entendés lo que te digo

tengo un muchacho que dice que me quiere y me
está alludando

se me parte el corason por el Brandon pero con vos va
estar mucho mejor que comigo que soy una desgraciada
que vida seria para el andarse escapando

se que ice muchas cosas malas pero ahora con una
platita que tenemos vamos a empezar en otro lugar yo te
voy a mandar más plata y cuando pueda también te voy
a firmar para que lo adoctes

si podes vos desile siempre que su mama lo quería un
monton pero que no podía hacer las cosas, que las cosas la
pudieron a ella

sacale fotos y alguna ves cuando ya estoy en un lugar
viviendo me las mandas

Cala te deseo lo mejor que buena sos que contenedo-
ra Cala que dios te bendiga sos mi salvacion

Sabrina

Cala va hasta la cocina. Necesita tomar un vaso
enorme de agua, siente el estómago contraído y la
boca amarga. La heladera también está mal cerrada.
¿Es ella que está alterada y va dejando cosas sin terminar por el camino? Mira hacia arriba como cla-
mando a algún dios improbable y descubre algo
más: las latas de leche en polvo ya no están en el techo de la alacena. ¿Las habrá cambiado de lugar y no
se acuerda? ¿O habrá sido Modesta el día que fue a
limpiar su casa?

No, piensa Cala, alguien entró. El motorista que ha visto merodear dos veces en el barrio podría ser la respuesta: el que lleva y trae los mensajes de Sabrina, el probable asesino del Torcido. Trata de recordarlo, de rescatar algún detalle, pero está muy cansada, son demasiadas cosas. Lo único evidente es que le dejaron el sobre y se llevaron las latas. El que haya entrado no quería robar, sólo eso. Pero las latas de leche maternizada... ¿por qué?, ¿para qué?

Cierra la puerta con cadena.

Se mete en la cama temprano, horario Brandon y Pascua, y enciende la tele: están dando un culebrón mexicano. "Mira, estoy desgarrado de rencor", le dice un hombre despechado a una mujer. Pone bien bajo el volumen y marca el número de Sixtina.

—¿Mamá?

—Una fuente seca soy —dice Sixtina.

—Uf —dice Cala—, ahora García Lorca. ¿No será que tenés sed? ¿No podés decir "bien" como hace todo el mundo? ¿Por qué tenés que quejarte todo el tiempo?

—Me quejo porque me queda poco tiempo para quejarme. Y yo no soy todo el mundo.

—Sos única —dice Cala.

—Y me siento así, una piltrafa, seca y desgarrada.

—Desgarrada de rencor.

—¿Y eso?

—Algo que escuché el otro día, lo decía un mariachi... Pero decime, ¿cuántas latas quedaron ahí, las de leche que me trajeron?

—Una —dice Sixtina—. A ver cuándo te la llevás.

—¿Una? ¿Estás segura?

Sixtina resopla.

—Estaré baldada —dice—, pero no idiota.

—Algo más —dice Cala—, ¿me das el teléfono de Modesta que no sé dónde lo metí?

—El de Aurora, querrás decir.

En el número de Modesta la atiende el contestador automático. Le deja un mensaje, aunque está cada vez más segura de que ella no tiene nada que ver. Ni debe haber registrado la presencia de las latas.

Después tiene una larga conversación con Gloria y le cuenta las novedades. Gloria coincide con su hipótesis: en esas latas debían pasar droga. Entre Sabrina y el motorista robaron unas cuantas y decidieron escaparse juntos, así que las vendieron y se hicieron un dinero. De manera que esos dólares...

—Lo que no se entiende es por qué te las mandaron a vos, mezcladas con otras verdaderas. ¿Qué necesidad?

—Les habrá parecido un buen escondite —supone Cala—, o habrán repartido latas en distintos lugares.

—Tampoco se entiende por qué el pibe no la sacó antes de aquel antro...

—No debía poder, lo tenían controlado, o estaba haciendo algún "trabajo". Es imposible saberlo, Gloria. Son los cabos sueltos que uno se empecina en unir.

—Lo que está claro —dice Gloria— es que Sabrina no es tan inocente. Habrá que ver ahora si reaparece.

—Uno es inocente mientras puede, Gloria.

Cuando corta, Cala sigue pensando. Hay algo, desde el principio, que no le cierra. ¿Por qué a Sabrina no la molieron a golpes en cuanto volvieron a agarrarla? ¿No es que se la tenían jurada? ¿Por qué le permitieron dejarle a Brandon? Sabrina parece haber gozado desde el principio de un margen de benevolencia o de protección. El recuerdo del Torcido se filtra en su mente como una mancha viscosa. Se tapa la boca para no gritar: aquella idea es atroz. Pero es eso, sólo una idea, una de las tantas alternativas: ella no puede estar segura de quién es en realidad el padre de Brandon, ni de cuáles son las verdaderas intenciones de Sabrina. La vida, concluye, suele estar hecha más de cabos sueltos y de nudos grumosos que de ovillos perfectos.

Por fin, Cala apaga la luz. Sabe que es un gesto inútil: le va a resultar muy difícil dormirse.

Después de una hora de dar vueltas en la cama, vuelve a encenderla. Ve sobre su mesa varias páginas de la novela de Julieta de la que hace mucho que no se ocupa. Poner la cabeza en otra cosa siempre la ayuda. Toma una página al azar: parece que el muchacho boquetero finalmente cae bajo el influjo bondadoso y espiritual de la chica. Hay una noche de amor: *él es infinitamente contenedor, dulce pero bravo al mismo tiempo y, cuando giran en el torbellino de la pasión, son una misma cosa, como un planeta que gira y se expande.* Agarra un lápiz que está en la mesa para subrayar, pero se detiene. Se acuerda de su noche de amor con Peter. Él también fue dulce y bravío. ¿Y lo de girar? ¿Giraron ellos en un torbellino de pasión? Fue más bien como un deslizarse hacia abajo y hacia el fondo y contra los límites de algo. O sea que se expandieron. Un hombre y una mujer por separado y desnudos dan un poco de pena, son como dos cintas lánguidas y pálidas. Pero juntos cambian la geometría, se acercan a la forma de la esfera, así que bien pueden girar y expandirse como un universo. Subraya *contenedor*. Se queda otra vez con el lápiz en alto. En pocas horas leyó dos veces la misma palabra. Hay dos contenedores, uno escrito por Sabrina y otro por Julieta, y hay dos contenedores para la basura en la esquina de su casa. ¿Y entonces? Entonces nada, coincidencias caprichosas, pistas falsas, ridículas como todo. Pero Peter fue más cuchara que tenedor. Cala cierra los ojos: el recuerdo está muy cerca de sus sentidos. Ya emergieron del *torbellino*, y ella se queda acurrucada contra el cuerpo de él. Cueva, hueco, refugio, convexidad, protección. Su aliento le hace cosquillas en el cuello y en el pelo. Desde algún lugar remoto algo parpadea en ella, algo que se abre paso entre escombros siguiendo un hilo perdido. (Así lo podría haber escrito Julieta.) Cala suspira. El que esté libre de ilusión, piensa, que tire la primera piedra.

Ahora no puede entender más lo que lee, resbala sobre las palabras, deja las hojas sobre la mesa y vuelve a apagar la luz. Qué consuelo, piensa, que otro piense por uno, abandonar el estado de alerta.

Por la ventana abierta oye fragmentos de una conversación entre dos chicas.

"Cómo pudo hacerme eso... yo la re amaba... ¿y qué te dijo?... es imperdonable lo que hice, me dijo... pero si me perdonarías sería la mujer más feliz del mundo."

Todos nos creemos el centro del universo, piensa Cala.

Después pasan dos tipos que discuten de fútbol.

—Mirá, así como te digo una cosa te digo la otra. Para mí al Beto hay que echarlo a la mierda o comprarlo.

El colmo del camaleonismo.

Y de pronto recuerda un detalle del motorista que vio merodear por la calle Atenas el día en que se escapó Pascua: el casco tenía un rayo plateado. Como el de hoy. Tiene que preguntarle al portero de la casa de su madre cómo era el que le llevó los paquetes, seguro que es el mismo tipo. ¿Y cómo era el casco del asesino del Torcido?

Metempsicosis

Duerme salteado toda la noche, a los sacudones, como si fuera por un camino lleno de pozos y curvas. Cuando se despierta del todo, le duele la cabeza. El día está encapotado y ventoso, desapacible como su ánimo. Lo primero que va a hacer en cuanto pueda es pasar por lo de Sixtina y ver qué hay en la lata restante. Después debería ir a la revista para hablar del proyecto de *Ojo en el mundo*, porque, razona, ella tiene que retomar su vida, a la que ahora llama "normal", no dejar que se diluya bajo el peso de los últimos acontecimientos.

Se levanta y le prepara la mamadera a Brandon. Mientras la toma —ya casi la agarra solo—, ella lo mira. Lo mira ahora de otra manera, consciente de un nuevo estado de cosas. ¿Qué sabe él de todo lo que está pasando? ¿Y de lo que va a pasar?

Él no se ha limitado a dormir, comer, investigar su cuerpo, las luces y las sombras y las formas cambiantes de todo lo que lo rodea. De alguna manera instintiva y misteriosa para Cala, aceptó el cambio, la ausencia de Sabrina, el ir y venir permanente, las torpezas a las que ella lo somete. Y lo ha hecho de la manera más natural y amorosa.

Termina de vestirse y de preparar a Brandon para llevarlo a lo de Alma y marca el número de su madre. No contesta. Es algo que sucede con frecuencia, ella no contesta y Cala se alarma inútilmente. Ah, estaba en la cocina, no llegué a atender, o, la mayoría de las veces, dejé mal colgado.

El subte no está tan lleno como otras mañanas. Cala vuelve a marcar el número de Sixtina y otra vez salta el contestador. Corta. Saca su cuaderno e intenta pensar en la nota de los disfraces.

Una voz destemplada irrumpe por los parlantes: "Debido al piquete de la Avenida 9 de Julio, esta formación finaliza su recorrido en la estación Uruguay. Repito. Debido al piquete...". Pero ella se baja en Pasteur.

En Ángel Gallardo entra una pareja discutiendo a los gritos.

—¡Pero, Romina, lo de Nancy fue un casual, te lo juro!

—¡Lindo casual, Arturo! Aparecerse en shorcitos a pedirte broches para la ropa, te creés que me chupo el dedo.

Por momentos, el rugido del subte no deja oír lo que se dicen. Pero ellos persisten, a los gritos.

—¡La próxima vez que se aparezca la tiro por la ventana!

—¡Salí, loca! ¡Bruja!

En Medrano el subte termina de llenarse y Cala deja de ver la acción pero supone que acaba de entrar un tercero a escena.

—Hola, Romualdo —dice Romina con voz de gato.

—¿Éste es el propietario de la *sunga* azul que estaba en la terraza? —protesta Arturo—. ¡Imposible competir!

—¡Chau, Arturo, quedate duro! —le grita ella como despedida. Y se va con el tal Romualdo del bracete.

Después pasan la gorra.

Cala entra al departamento de Sixtina con sus llaves, golpea la puerta del cuarto, pero su madre no contesta. Vuelve a golpear con fuerza. Nada. Está por abrir, pero se detiene. Si abre, precipita la muerte. Mientras se mantenga de este lado de acá, sin moverse, Sixtina está viva. Cala se queda como una estatua, alerta al menor sonido. No se oye ni se mueve nada a su alrededor, como si estuviera metida en una burbuja de vacío. Pasa un momento largo hasta que oye un quejido, pero no es su madre, es el gato. El sonido precipita la acción, Cala abre, y la ve. El gato salta de la mesa de luz y sale como un tiro del cuarto, el muy cobarde.

Sixtina está en camisón, tiene los ojos apenas entreabiertos, los rasgos apenas contraídos, una gota de sangre en la nariz y una mano en el pecho, indicándole por dónde llegó el golpe.

El cuerpo muerto de la madre. Ese objeto imposible de discernir.

Cala se queda detenida en la puerta.

—Mamá —dice enojada—, cómo no me avisaste.

Espera, contra toda razón, que ella se precipite a contarle.

¿Qué adjetivos le quedarían ahora para hablar del momento atroz de la muerte?

—Te los gastaste todos —dice Cala. Y empieza a llorar.

Entre hipo e hipo vuelve a preguntarle:

—¿Cuándo te pasó esto?

Debería acercarse más y tocarla para saber, pero no puede. Qué importa cuántas horas hace. Para qué regodearse en los detalles.

—Es que me gustaría saber —dice Cala— si sufriste. Pero me parece que no, que fue fulminante. ¿No que sí?

Cala se imaginó tantas veces este momento, tantas, que ahora que se cumple, que se cierra el círculo, se da cuenta de que ha vivido estos últimos años a la espera, con la inminencia pesándole como piedras sobre la cabeza, y sobre el corazón. Y que no hay entrenamiento que sirva. Así que era esto, este estupor que desborda toda previsión, toda imagen anterior, y cualquier palabra. Las piedras empiezan a disolverse, se transforman en agua y en arena que le raspa la garganta.

Una hora después, suena el portero eléctrico.

Es el médico del CEMIC. Gloria, que ya está allí acompañándola, baja a abrirle.

Cala intenta ordenar el único sillón del cuarto, que está repleto de ropa, papeles, bolsas, toallas, frascos, servilletas de papel estrujadas, hasta un plato con restos de comida hay. Pero desiste y se sienta bien en la punta de la cama, hace equilibrio como en una cornisa, el cuerpo rígido, las mandíbulas trabadas, los brazos atornillados a la altura del estómago. Tiene terror, oscuramente cree que si no opone una resistencia feroz su cuerpo se irá embebiendo del espíritu de su madre, no quiere ella investirse de su espíritu, repetir sus gestos y sus actitudes, sus palabras y sus aborrecimientos, su crueldad. *Metempsicosis.* Ésa te hubiera gustado, mamá. Es la primera de las que se va a perder.

El médico le da la mano, le hace algunas preguntas formales y después empieza a examinar el cuerpo. Abre su maletín y saca una gasa con la que recoge algo de la nariz y de la boca de su madre.

—Bueno… —le dice después de unos minutos.

Es joven, no debe tener más de treinta años, y la ha revisado con parsimonia.

La vena del cuello inerte, la femoral, el ojo bajo el párpado, la falta de reacciones. El discurso es largo y técnico y Cala lo sigue a medias.

Gestos inútiles, no hace falta palpar ni preguntar nada. La muerte está ahí. Rotunda y callada.

Cala lo mira y el médico se intimida.

—El certificado médico se lo tengo que extender yo —le dice, señalándose el pecho como si hiciera un *mea culpa*.

—No sé cómo es —dice Cala—, es la primera vez que se muere mi madre.

—Tengo algunas dudas. Si no tuviera ochenta años…

—Noventa —corrige Cala.

—¿Cómo noventa?

—El carnet está falsificado. Su año de nacimiento es el 21, no el 31.

—¿Se sacaba diez años?

—Fue para entrar en el CEMIC, sólo la admitían hasta los sesenta y cuando ella entró ya tenía setenta.

—O sea que estuvo estafando a la prepaga diez años.

—¿Quiere que la denunciemos?

Un poco de vergüenza debe sentir el médico, porque se queda callado.

Después de unos instantes dice:

—Si no tuviera tantos años, podría pensarse en otras causas. Una intoxicación puede causar un cuadro equivalente.

—Usted sabe lo único que me importa —dice Cala.

—No, afirma el médico, no sufrió. Esto fue muy rápido y ya en estado de inconsciencia.

El silencio se extiende, como otro sudario.

—Podría hablarse de muerte dudosa, si fuera más joven —dice el médico como para sí mismo.

Otra vez silencio.

¿Por qué tantas vueltas? ¿Tendría que darle una coima por el certificado?

—Yo vuelvo ahora al CEMIC y hago los trámites iniciales —dice por fin el médico—, después la familia tiene que hacer el seguimiento, ¿estamos?

Cuando el médico se va, la oye a Gloria que la llama desde la cocina.

Tiene sobre la mesa la lata de leche en polvo abierta. Una de las que tenían etiqueta roja y que Cala debía reservar para más adelante.

—Lo que pensábamos, Calamuchita —dice, y con el dedo meñique levanta una pizca del polvo blanco y lo aspira.

—¿Qué hacés Gloria?

—Si no me hice adicta a los veinte ni a los treinta… —se justifica Gloria—. Es sólo un traguito, para aliviar este momento, sabés que lo mío sigue siendo el porro.

Vuelve a aspirar fuerte por la nariz y aprieta los dientes.

—Te aseguro que es de las mejores, de la que usa el Papa, como decía un amigo.

—¿Y ahora?

—Es una pena, pero diría que la tiremos toda por el inodoro. Decime —agrega en un susurro, como si alguien más pudiera escucharlas—: ¿Tu madre no se habrá dado unos saques?

—Ojalá —dice Cala.

Cremación voluntaria

Borrar a una persona del mundo de los vivos requiere muchos trámites. Cada uno deja sus huellas por todas partes, persiste de formas banales, penosas, risibles. Ropa, carteras mustias, adornitos, papeles, números de cuentas, de asociaciones, fichas en el dentista, en la AFIP, cuentas sin pagar, sábanas en la lavandería...

Por ahora Cala cumple con las rutinas necesarias y las agradece, la ayudan a defenderse de las embestidas de lo inconcebible, ese cuerpo, ese objeto.

Peter la acompaña. Se murió mi madre, le puso en un mensaje. Y él: quiero estar cerca.

La llevó y la trajo por la ciudad, le organizó los trámites y las decisiones. Hasta se metió con ella en una oficina de la Chacarita que pone en la puerta el cartel de "Cremaciones voluntarias". Cala asiente, completa, firma. Tienen que volver al día siguiente: no se olviden de traer, dice el funcionario con aires de director de escuela, una urna. Mucha gente lo olvida, y las cenizas... hace un gesto como de bailador flamenco con las manos.

"Te recordaremos siempre, mamita querida", "Vives en nuestro corazón, padre y esposo ejemplar", "La huella de tu amor perdurará en tus queridos hijos y hermanos". Cala se resiste a ir a una de esas casas de la Chacarita que alguna vez investigó para una nota: marmolerías, lápidas, bronces, frases patéticas. Y de pronto recuerda la casa de disfraces de Combatientes de Malvinas y Juramento. Un punto suelto que parece unirse a algún dibujo.

Esa mañana "Francisquita" está llena de actividad. Hasta tiene que sacar número. ¿A qué se debe la transformación? La cercanía de la Semana de Mayo, comprueba Cala mientras Peter la espera en el auto. La consuela escuchar el detalle minucioso de un disfraz de vendedora de empanadas de época que encarga una madre. Ella, a su madre, la tiene que disfrazar de eternidad. Cuando la atienden y pide un ánfora, todos se quedan en silencio, menos la propia Francisquita, que le dedica una gran sonrisa.

Cuando termina la ceremonia y se extinguen los abrazos y los saludos de las pocas personas que la han acompañado, Cala le pide a Julieta que se ocupe de Brandon y a Peter y a Gloria que la dejen sola en su casa.

Ahora deambula en el living con el tapado puesto y la cartera colgada del hombro. Lleva abrazada la urna todavía tibia contra su cuerpo y se ve de refilón en un espejo: está como preñada de las cenizas de su madre. Ensaya distintos rincones donde dejarla, pero ninguno le parece adecuado. ¿Y arriba, en alguno de los placares? ¿En el estante más alto con la ropa en desuso? No. Ni en el baño, ni en la biblioteca. ¿En la cocina? Mira hacia lo alto de la alacena, donde por un tiempo estuvieron las latas. Tampoco. La urna, además, es un poco deforme, cada vez que la apoya sobre alguna superficie se bambolea. El mejor lugar, decide, es la terracita donde Pascua pasa varias horas por día y donde ella cuelga ropa y toma sol en verano. Sube por la estrecha escalera que sale de la cocina y deja la urna al pie del tanque de agua, entre varias macetas vacías. (Yo sé mamá que vos querías el mar Egeo, pero por ahora no es posible, ya veremos más adelante.)

No está mal ese lugar, aunque la terraza está justo encima de su cuarto. O sea, encima de su cabeza. Donde siempre estuvo Sixtina.

Epílogo

En los días que siguen Cala está convaleciente. Le duelen la cabeza, el corazón y los pies. La tristeza la deja débil y vacilante para todo. Tropieza por la calle. Se le caen las cosas de las manos. Levanta el teléfono y no recuerda con quién quiere hablar. Se olvida de darle de comer a Pascua. Pero, sobre todo, sufre de una especie de dislexia. A veces es un tartamudeo, unas palabras que le salen deformes, que se le disuelven en la boca antes de ser pronunciadas, unos silencios repentinos, como si los puentes entre las palabras y sus significados estuvieran cortados. Parece que Sixtina hubiera arrasado con todas y le hubiera dejado sólo despojos. *No hay voz hablada que no llegue a bruma.* Tiene sueños tortuosos que olvida de inmediato cuando se despierta.

Una mañana recuerda uno con nitidez. Ella juega al scrabble, no sabe a ciencia cierta con quién, pero se trata de un hombre. Las fichas no son de madera como las de su viejo juego, parecen de mármol negro. Algunas traen letras, pero la mayoría no: están lisas. Es uno quien debe adjudicarles las letras para formar cada palabra. Su rival hace un scrabble, usa las siete letras negras y las hace coincidir con otro scrabble que está en la línea de abajo, de manera que todas las verticales forman también palabras con sentido. No hace falta aclarar nada. Es un juego ciego. Pero totalmente libre. Los simbolismos parecen servidos en bandeja. Borrón y cuenta nueva.

Con el único con quien la rutina fluye naturalmente es con Brandon. Los dos huérfanos ahora, los dos desmadrados. Se pasa días enteros en casa con él. Julieta y Alma la visitan y le traen regalos. Habla con Gloria, que no deja de llamarla Calita y Calamuchita. Peter ha ido alguna noche a cocinar. Caldos picantes de verdura, pollo con curry, platos que ha aprendido en sus viajes por el mundo. Pascua está eufórica con tanta actividad en la cocina. Peter, a través de sus contactos en Seguridad, también ha averiguado sobre el caso de la calle Venezuela (fue Gloria quien decidió contarle todo). La organización es compleja, con ramificaciones en varios países, pero ella, aunque haya ocultado información, está fuera de todo peligro.

Sube con frecuencia a la terracita y se queda mirando el ánfora, incrédula. ¿Dónde está su madre ahora, aquello que fue su cuerpo? Siempre hablaron con Sixtina de cremación, pero ahora que lo han hecho Cala se siente también ella de cenizas. ¿Cómo puede una persona disolverse en la nada tan pronto?

Una noche van a comer a su casa Gloria con Pedro y su hija Carola, que está por unos días en Buenos Aires.

Peter cocina y Gloria llega temprano a ayudarla.

Cala pone la mesa.

Su mantel más lindo tiene dos agujeros, los tapa con un posafuentes. No tiene cinco copas iguales. Los tenedores grandes no le alcanzan y tiene que poner alguno de postre. Eso sí, tiene unas cucharitas para helado *art nouveau*, regalo de su tía Lala, que ya no podrá usarlas: todo le llega a través del botón gástrico.

Cala se aleja un poco y mira el resultado.

—Así es mi vida —dice en voz alta—, ⌐
cosas rotas, cosas faltantes y algunas precio⌐

—Dejate de joder, Calamidad —le dice⌐
que viene de la cocina con varias botellas.

Así le dice cuando se pone demasiado dramática:
Calamidad.

Y después, en voz más baja:

—¿Te das cuenta de la suerte que tuviste: volver a
encontrar a Peter? ¿Cuándo vas a decirle a Leo?

—Cuando vuelva del viaje. Por ahora sigue allá.
"Todavía hay una América ingenua", me dice en el
último mail, "que reza a Jesucristo y aún habla en español". Dicen "mande".

—¿Eso no era algo de Rubén Darío?

Cala levanta los hombros.

—Leo hace demasiado que está pensando en su
América ingenua y española, ni siquiera sabe que se
murió Sixtina, y Peter está acá, pensando en vos. Ya
te lo dije: ésa es la realidad.

Una mañana le llega una caja con el correo.

Es de la Sabedora. Matilde Payo ha muerto, le dice,
y como no tiene a quién mandarle estas cosas, se las
manda a ella. Adentro hay un portarretratos donde se
la ve a Sabrina con Brandon recién nacido. Una pulse-
rita de plata que tiene grabado el nombre "Sabrina".
Un sobre con un mechón de pelo adentro. Dos jeans
y unas remeras. Una virgencita luminosa. Una bolsita
de maquillaje con un lápiz negro, un rimmel y un es-
pejito. Un bolso marca Adidas y adentro, en un bolsillo interno, un papel doblado: ¡la partida de
nacimiento de Brandon! Eso es todo lo que Sabrina ha
dejado tras de sí.

Cala no puede dejar de pensar en la tarea colosal que la espera en el departamento de su madre. En todo lo que ha acumulado a lo largo de noventa años. Pero ha decidido olvidarse de eso por un tiempo, dejar para más adelante el desguace, esa parte de la muerte o de las sucesivas muertes de su madre que sobrevendrán y de las que ella es la única dueña.

Un viernes a la madrugada hay una tormenta descomunal. Se caen árboles, se tapan las alcantarillas, los autos flotan y los sótanos se inundan. Cala oye desde la cama los truenos y los relámpagos, después el fragor de la lluvia golpeando en las ventanas y se siente feliz por un instante. Eso estaba necesitando, una tormenta de aquéllas.

Al día siguiente viene Modesta a limpiar su casa, y ella se levanta con más ánimo.

Hoy voy a trabajar un poco, piensa, tengo que avanzar con esa famosa nota sobre los disfraces que está atrasadísima, leer algún capítulo de Julieta. Pero mejor, antes, hago el trámite del pasaporte.

Mientras lo cambia a Brandon y le da de comer, Modesta sube y baja limpiando y ordenando. En una de ésas se le acerca meneando la cabeza:

—No sabe lo que era la terracita, Cala. Lleno de hojas, y de barro y de ceniza. Hay un macetón grande roto, partido justo al medio. ¿Lo tiro o capaz que lo puede pegar?

Cala sube la escalera. Es el ánfora de Sixtina. Su genio liberado se montó a las ráfagas de viento y agua y se fue con la tormenta. Ahora estará espolvoreando las callecitas de Parque Chas, aunque las partes más oscuras de su ser, piensa Cala, se habrán ido nomás por la alcantarilla. Ya no tendrá que viajar a Grecia hasta el Egeo. Cala se ríe por primera vez desde hace muchos días. Le parece escucharla a Sixtina: Qué alivio, ¿no? Ahora te sentís *eximida*. Habrá que ver qué hiciste con mi pobre gato, estará entregado al abandono. ¿El gato? Se lo llevó Modesta, mamá. O Aurora.

De manera que Sixtina le va a seguir hablando, menos mal.

—¿Y qué hacemos? —le pregunta Modesta cuando baja.

—Tirar todo, es mejor no guardar cosas rotas.

Después se prepara para salir con Brandon. Ha decidido llevarlo con ella, aunque el trámite resulte largo y engorroso. De paso averigua qué papeles necesitaría para sacarle su documento.

La puerta ha redoblado su hinchazón, salir de su casa es más arduo que nunca. Qué simbolismo estúpido, piensa Cala mientras empuja con fuerza. Es el momento de volver a dejarle un mensaje a Juan: "Juan, la puerta ahora casi no se mueve. Estoy como encerrada en una tumba egipcia". Tumba egipcia, de dónde sacó eso. Sixtina acaba de hacerle la primera zancadilla desde el más allá.

Después de la tormenta, el aire en la calle está fresco y luminoso, los verdes de los árboles, las veredas, las casas, los autos que pasan, todo le parece a Cala que tintinea. Así que camina con ímpetu hasta el subte empujando el carrito desvencijado de Brandon. Cuando llega a la escalera, un muchacho lleno de piercings la ayuda y se lo baja hasta los molinetes.

Se sienta junto a una madre de aire frágil que lleva un bebé en brazos y el diálogo se vuelve inevitable.

¿Qué edad tiene el suyo?, le pregunta. Ahora Cala lo sabe, *¿el mío?*, repite, cinco meses y medio. También sabe su nombre completo: Brandon Irving Zinko (tres íes en el nombre, ¡qué regalo Brandon!), nacido a las cinco y diez de la mañana en la Maternidad Sardá. Sigue hablando con la madre y recoge consejos sobre mamaderas, papillas, dientes, gateo y horas de sueño. Incluso ella se anima a dar algunos. Antes de darse cuenta, ha llegado a Alem.

La oficina donde se hacen los pasaportes es nueva. Vaya hasta *Recepcionamiento*, le dice un conserje, y le señala hacia el fondo. Pase al box número 9, le dicen en el mostrador. La atiende una chica joven y expeditiva: Nombre, huellas, pim, pum, pam, firme, ya está. Tiempo total: tres minutos y medio. Cala no lo puede creer. Ella, que afronta cada trámite como una gesta heroica, que ha soportado colas y contradicciones y marchas y contramarchas. Con tanta eficiencia casi se olvida de preguntar por los papeles de Brandon.

Quince minutos después está otra vez subiéndose al subte en Alem, en dirección a Los Incas.

En cuanto arrancan, se oye la voz del conductor: "Señores pasajeros, bienvenidos a esta formación, gracias por habernos elegido…".

La voz es modulada y amable.

¿Escuchaste lo mismo que yo, Brandon? Brandon en el subte va como hipnotizado y lanza un débil "ki".

"Por favor", vuelve la voz, "no se apoyen en las puertas para permitir el acceso fluido de otros pasajeros. Si ve próximo a usted a un anciano, una mujer embarazada o un discapacitado, le rogamos que ceda su asiento de ser ello posible…".

¿De ser ello posible?, repite Cala incrédula. ¿Qué está pasando?

La voz se llama a silencio, pero reaparece pocos minutos después:

"Estimados pasajeros: Nos aproximamos a la estación Carlos Pellegrini donde podrán combinar con las líneas C y D. ¡No olviden sus pertenencias!".

Brandon, esto es como estar volando en Air France, ¿o yo estoy soñando?

Pero el que está soñando es Brandon, que se ha quedado dormido con una sonrisa en los labios.

Cuando están en Medrano suena su celular. "Suertuda", le dice Silvina de la revista *Ojo*. "El primer viaje te toca a vos. ¿Sabés a dónde vas? A Fernando de Noronha, una isla soñada, un paraíso natural. Hotel cinco estrellas, cuatro días, todo pago. Ya te mando un mail con todos los detalles. ¿Estás contenta?"

Sí, claro. Nada le vendrá mejor que unos días de paraíso, donde seguro que no podrá encontrar a su madre. ¿Y Brandon? Una sombra de culpa. Pero siempre puede contar con Julieta y Alma —se consuela—, y cuatro días pasan muy rápido.

Cuando se baja del subte en Los Incas —¡"Feliz regreso a sus hogares", ha dicho la voz!—, Cala camina hasta la cabina del conductor y lo ve bajarse. Es un hombre alto, de unos cincuenta años, con poco pelo y anteojos oscuros. Cala lo encara. Disculpe, le dice, yo soy periodista. Veo que a veces pasan mensajes y a veces no, es muy irregular. (Y siempre hablan a los gritos.) Me gustaría saber si lo que usted fue diciendo en el trayecto es un texto obligatorio. El conductor le muestra una sonrisa de dientes perfectos. En fin, hay algunas directivas sugeridas pero él las expresa a su manera. No es la primera vez que un periodista se le acerca, le dice con orgullo. Cala lo felicita, le deja una tarjeta, camina unos metros con él y se queda contándole el trámite veloz que acaba de hacer, él le pregunta a dónde piensa viajar y le cuenta que se va a una isla del Brasil. Él conoce muy bien Brasil, ha vivido dos años en San Pablo y antes en Alemania, cualquier día de éstos la invita a tomar un café y le cuenta.

Cuando se va acercando a la puerta de su casa, ve un camioncito estacionado, de color crema. Sobre el lateral se lee en letras de colores: "Creciendo".

¿La señora Cala?, le dice el chofer, le estoy trayendo la cuna y el carrito que encargaron. Que ella no encargó nada, dice Cala, que debe haber un error. ¿Y el señor Peter Morton?, pregunta el chofer, porque la factura está a su nombre. Ah, dice Cala, Peter. Además, hay un sobre para usted. Cala se acerca el sobre al pecho. Sí, pase, pase, le dice al chofer y abre la puerta. A los empujones.

Detrás del camioncito, estaciona una furgoneta: ¡Juan!

Es la mañana de los milagros, piensa Cala, y corre a saludar a Juan.

Perdoname, Cala, le dice Juan, estuve veinte días en Córdoba, por eso no te contestaba los llamados. ¿Alguna novedad? Cala levanta las cejas, si le contara.

Vamos a arreglar ya esta puerta. Juan desembarca su caja de herramientas y la deposita en el hall de entrada mientras el chofer de "Creciendo" le pregunta dónde le arma la cuna. Dos hombres trabajando para ella, una isla en el horizonte, y Brandon creciendo. Kiiii...

Mientras Juan desmonta la puerta, Cala va y viene con Brandon a upa y supervisa el armado de la cuna donde antes estaba el futón. Después se sienta en el sofá a ordenar papeles. Allí está la última carta de Sabrina. ¿Por qué la defendés tanto?, le había preguntado su madre más de una vez. Sabrina, tan sola, tan desdichada. Sabrina, que ha tenido que despojarse hasta de su hijo. Al menos por un tiempo —piensa Cala—, no se va a olvidar a estas alturas de que todo es azaroso, transitorio: un *efímero festín*.

—Vení, Cala —la llama Juan—. Mirá cómo abre y cierra ahora.

Juan prueba la puerta que se desliza sobre sus goznes como sin peso, se abre y se cierra con discreción oriental.

—¡Sos mi salvación, Juan!

Recuerda la última línea de la carta de Sabrina. ¿Quién es la salvación de quién?, piensa, y se le cierra la garganta.

—A esta puerta —dice Juan mientras guarda sus herramientas—, le hicieron un añadido, por eso cuando se hincha es peor. Hay arreglos chapuceros que te sacan de apuro pero que después se te vuelven en contra, como un búngalo.

Cala lo mira sorprendida, está a punto de levantar un dedo didáctico, pero después desiste y lo abraza.

—¿Sabés una cosa, Juan? —le dice, mientras se seca una lágrima—. El búngalo a veces se te vuelve a favor.

Agradecimientos

A Natalia Crespo, Jorge Dana, Graciela Schvartz y Ana María Shúa, por su lectura paciente y la justeza de sus observaciones.

A Mariana Liceaga, Santiago Bignone y José María Dentone, por la información imprescindible que me permitió llevar adelante esta novela.

Índice